滄海叢刊

托塔少年

林文欽編

1980

東大圖書公司印行

行政院新聞局登記證局版臺業字第〇一九七號

中華民國六十九年十二月初版

©

托塔少年

基本定價壹元陸角叁分

編　者　林文欽
發行人　莊剛彰
出版者　東大圖書有限公司
總經銷　三民書局股份有限公司
印刷所　東大圖書有限公司
臺北市重慶南路一段六十一號二樓
郵政劃撥一〇七一七五號

序短篇小說集「托塔少年」

趙滋著

短篇易學難精。初學寫短篇的作者，大體可以區分為三種類型。其一是天生才子型。偶有所感，就勞動幾個人物，敷衍而成故事。他們在人物素描、情節組織、以及對話寫作上，看來都欠缺功力。其二是無事忙型。他們對寫景言情，奢侈着墨，而七分寫景，三分言情的結果，卻成就了一篇沒有事情發生的短篇。而且，場景不夠明確，個性不夠鮮明，第一人稱觀點與全稱觀點混用，故事不斷受到干擾，全成了這一型的敗筆。其三是平鋪直敘型。但求堆砌材料，不忍割愛，結果寫成了一篇流水賬；而動作過份瑣碎，說話如作文，形容詞和副詞使用多而不當，是這一型的毛病。

究其實，到今天打止，近代短篇小說尚未定型，也沒有十分成熟，它只是在繼續擴展，繼續變遷的藝術。近代短篇小說的領域是活的領域，它的原始理念，我們可以追踪到艾德嘉•愛倫•坡(Edgar Allan poe 1809-49)。他發現長篇小說無法給讀者和作者以一種純粹的、完整的、統一的藝術享受。於是，主張起用短小精幹的短篇故事，來滿足他們的藝術要求。他給現代短篇留下了兩個合理而有效的觀念——效果集中與單純印象。把兩者合併起來，乃成近代短篇的第一塊基石：單一效果（Single effect）。

後來到了莫泊桑（Guy de Maupassant 1850-93）手上，他看出如果要使短篇小說具有跟長篇小說相抗衡的藝術價值，必須注入深刻的人生意義，但形式局限了內容，此一理念幾乎是不可能的。除瞬間呈現生活中所獲得的價值觀念，加強故事的張力與密度，多方運用暗示手法而外，別無他途。莫泊桑乃注意到現代短篇的表現手法，必須無限趨近戲劇。而現代短篇必以戲劇效果（Dramatic effect）為重心，出現了第二塊基石。這就是現代短篇具有二重性的歷史因素。美式理想強調單一效果，法式理想強調戲劇效果，後人綜合而成短篇的藝術特徵：具有單一效果的戲劇性故事。

「托塔少年」所選集的十一個短篇，有些作者是接受過相當嚴格的基礎訓練的，故讀來落門落檻，規模尚在；有些作者的基礎訓練却不够紮實，讀來頗接近前述三型。但他們跟時下的文藝青年有一明顯的不同之處：他們深切懂得朝最熟悉的生活下筆，他們也相信藝術卽經驗的基本道理。如果說：藝術的本質，是情感和意象的直覺，是抒情的表現，那麼，經驗與情感往往是共棲的。抒情的表現一旦離開了日常經驗，就如魚失水，找不到對象，無所依託，經常變成了無病呻吟。我們讀湛湘泉「在濃霧裏」，丁素秋「思想枝」，魏偉琦「憨孫」，林文欽「最後旨意」，以及呂俊德「憨蹩」，就可以看出他們如何活用生活經驗，如何注重生活經驗。我們讀櫻井洋子的「青春之涯」與「心聲」，張效鷗的「風向」，趙衛民的「悲色戰紀」，歐宗智的「奪標」，呂石練的「戀愛男孩」，以及吳煥森的「七仙女」，濃濃的生活氣息與生活經驗的實底子，仍到處可以嗅到，可以發現。文藝教育的心血，想來不會是白費的。

托塔少年 目次

在濃霧裏

湛湘泉

湛湘泉，筆名林燈，湖南人，一九四九年生，中國文化學院文藝組第三屆畢業。長於短篇小說及新詩，作品散見各報副刊；音樂造詣亦深，曾任國防部示範樂隊法國號手。

這棟小木屋，眞像商場櫥窗裏陳列的那些玩賞品一樣，細圓木編成的牆，茅草蓋的屋頂，童話式的窗。杜憶南小時也住過這種房子，到這兒來，很快的喚醒了他的記憶。他覺得一切都好，唯有對那經常光臨的大霧感到很傷腦筋。在這海拔二千多公尺的山頭，時間與氣候變成了支配生活的兩大因素，它們都能干擾人類的行動意志。

此刻，雄渾的霧正主宰一切，給大地帶來另一種形式的夜晚。杜憶南悄悄地立在槭樹底下，感到霧在運行。他覺得霧是活的，像一條貪饞的蛇，緊緊盤繞在他身上，並深深地鑽進他的肺裏，在那兒活動着。

山下的霧像潮水一般地噴湧上來，好像要吞沒他，他的神經因採取自衛而緊張起來。他皺皺眉，回過身來走向小屋。他推開木門，簷上的水珠恰巧滴入領口，他打了一個哆嗦，彎腰走進去。吳思揚正躺在童軍床上發呆，看到他進來，慵懶地將略胖的身體翻個邊說：

「霧濃嗎？」

「唔。」他應了一聲，走近來。他瞧了瞧屋內，看到邵儒歪躺在破籐椅上，正聚精會神地讀焦易士的小說。他小心地繞過籐椅，走到竹床那兒坐下。吳思揚嘴裏嘖嘖了兩聲，抱怨說早在昨晚他就預測今天會有濃霧，他感覺出來的。接着他又皺着鼻子笑了笑說：這預料中的霧眞敎人生氣。這時，坐在床上的杜憶南彎下腰在床下掏鞋子。

「咦？說好今天休息的嘛。」吳思揚說。

「我挑一個早上就回來。」

「你眞是想錢——」

「想錢想瘋了，」杜憶南在心中替他接了下去。吳思揚這麼說，他不在乎，他沒有被冒犯的感覺。他繼續將鞋穿好，戴上絨線帽子，然後告訴吳思揚：霧大沒關係，路早已摸熟了，反正閒着沒事，說着他就去拿工具。吳思揚不以爲然的聳聳肩，忽然被鞭打似的嚷起來：

「霧呵，你像貓輕輕的脚步，踏過我的……」

他像躱避瘟疫似的，匆匆走出來。背後突然傳來邵儒的尖叫：「胖子，別那樣鬼哭神號的好不好？」

杜憶南一面走着，一面將手套戴好。山路雖滑，却難不倒他，他走得又快又穩。挑梨和其他的工作一樣，勞力加速度等於代價，是一個很單純的公式。他每天都要比邵儒和吳思揚多挑幾十斤，他們雖不肯認輸，無奈肩頭不爭氣，只好望梨興嘆。邵儒說：何必如此賣命，咱們不過是想來體會山居的滋味罷了。他知道這是邵儒爲自己解嘲的臺階話，所以聽了覺得有點好笑。

這種勞力上的勝利，使他恢復了自信。他對自己說：「一切文明的優越都在勞力之前低頭。」這個不合進化原理的寓言式的警句，有時候他自己也覺得可笑，不過他還是常常掛在嘴上，因爲這句話可以支持他多挑些梨。爲什麼自己一度如此地消沉，他曾想過這個問題。他明白人在擺脫童騃的渾沌期而進入「認識」的範圍之後，才開始覺得生活是難以忍受的。認識愈多，生活的缺口也愈多。他雖然懷疑這種悲觀的認識論，後來不得不勉强地接受它。他住在鄉間的日子裏，空虛的感覺是非常稀薄的。自從來到臺北之後，一切便不同了，生活的陰影一直籠罩着他。他痛恨在都市裏那種被遺棄的感覺，他走在人羣中，却被孤獨包圍着。不單是如此，他覺得那些大樓、天橋、路燈似乎也帶着冷漠的訕笑，在高處傲視着自己。都市的一切，幾乎是冷酷的，無法征服的。但是邵儒和吳思揚似乎一向過得很愉快，到底是什麼緣故？是因爲他們長在都市？這種差別似乎與認識無關。

他一面挑梨，一面想。他挑了一上午，在霧稍退的時候回到小屋。兩個夥伴正坐在床上打撲克。他走進來，聞到屋裏的霉味。

「成績如何?」吳思揚問。

他回答說還可以，又說路實在太泥濘，一方面也得擔心梨沾上泥巴，著實傷透腦筋。說著，他脫去手套，蹲下來清鞋上的泥。他們繼續在床上打撲克。吳思揚打牌一向是鬼叫鬼叫的，可是對手要是邵儒的話，他就一聲也不吭，他知道一開口邵儒準會叫他閉嘴。他老是輸，輸了就生悶氣。但是他們常在一起打撲克。

吳思揚打牌不專心，他看得出來。因爲何秀玲今天要來，所以這傢伙一直坐立不安。他曉得這屋裏的人都可以肯定她今天來，但是誰也不願先提起。他也渴望早些看到她，但是他告訴自己要沉住氣。往常，她和他們三人像一掛粽子似的串在一起聊天、打撲克、登山時，他一直表現得穩健深沉，這是他的一貫作風。何秀玲又聰明又美麗，他深深地爲她著迷。可是她却對他們一視同仁，令他生氣。

「她大概快到了，我們去接她吧。」胖子終於開口了。

「別急，早得很呢。」

邵儒突然說。他摸摸頭上的捲髮，接着開始用他那尖尖的聲音分析何秀玲在火車上要多少時間，在汽車上又要多少時間，照他推算，她在傍晚時分才到得了。所以他說吳思揚是「神經病」，胖子聽了聳聳肩。杜憶南卻突然提議，不如趁現在閒著的時候做幾張凳子，打撲克的時候可以不必窩在床上，把棉被弄硬了，而且在桌上寫日記也方便些。但坐在床上的兩個人都認爲不必去浪費力氣。

「我覺得沒必要再去做凳子。」邵儒說。

「那是因爲你永遠佔著籐椅的緣故。」杜憶南搶白了一句，却沒有帶著不高興的樣子。他又說：既然沒有人願意幫忙，他一個人做也無妨。他取下牆上的鋸子和柴刀，走出去。門外放了一堆木頭，他站在那兒瞧了一會。這時，吳思揚走出來。不久，邵儒也出來了，好像屋裏漏了煤氣一樣。

此刻的霧幾乎都散了，只見山凹處留著幾朶雲，像高脚杯裏的冰淇淋。在這高山上，要是不見太陽的話，只能用感覺去判斷到底是什麽時候了。不管早上或下午，天空總是同樣渾圓的光，樹在風中搖曳的姿態，以及小草上的水珠，也沒有什麼不同。唯一的跡像是風，當它劃過肌膚的時候，如果帶著沁人寒氣，那是早上的風，否則便不是。

杜憶南覺得風是溫馴的。他選了一根圍抱約一尺的雲杉，將一頭架高，以免鋸子劃著泥土。他要胖子坐在木頭上，不讓它滾動。他一俯一仰地鋸著，鋸木聲在山谷裏發出回響。鋸了一會，吳思揚說蠻好玩的，他也想試試看。杜憶南就跟他換了位置，他鋸了一會，把木頭鋸斜了。邵儒笑著駡他是飯桶，又說還是教老杜鋸吧，他是鄉下來的，這玩意我們沒辦法。杜憶南將木頭鋸斷，說明如何將它做成鼓的形狀，他要胖子剝樹皮，要邵儒修稜角。

到山上來已將近一個月，他們聊了很多。由於朝夕相處，每個人的個性便像剝了皮的橘子一樣，比以往顯得更加脈絡分明。多年的老朋友，竟然因了解而互相覺得陌生起來，往日建立的感情開始有點破碎。出乎意料的，此刻在一起工作的時候，他們的感情產生黏合的跡象。他們像汽車生產線上三個據點的品管員一樣，總覺得自己負責的部分是最沒問題的。因此，鋸木的擔心著其他兩人是否把樹皮剝淨了，是否把稜角修圓了；修稜角的擔心其他兩人是否把木頭鋸平了，是否把樹皮剝淨了；同樣的，剝樹皮的也擔心著上下兩個據點。這種由合作而產生的連帶感，在他們心中滋長著，使他們感到溫暖。

他們努力工作，直到身體發熱。這時，霧像退潮一般地消失了。當他們做完三個凳子時，竟下起雨來。

他們匆匆收拾工具，抱著木凳回到屋裏。雨越下越大了。屋後傳來雨打山芋的瘖瘂而單調的聲音，教人心煩。

「不知道她還來不來?」吳思揚說。

「嘿，你眞蠢。」邵儒說：「如果她來，在雨還沒下之前她早已出發了。」

吳思揚啊了一聲，不好意思的說，他早該想到這一點的。杜憶南蹲下來，將木凳圍著桌子擺好，試試看穩不穩，然後拿出軟布將它們擦乾。他擔心著她在路上是不是淋了雨。他站起來，打量著木凳說我們應該做四個。

「要是她來了，大家都有凳子坐，我們可以在桌上打撲克。」

「對啊。」吳思揚說：「是應該做四個，少做了一個給何秀玲的。」

邵儒回到矮籐椅上，繼續讀他的焦易士。木屋裏又霉又暗。杜憶南走過去，扭亮電燈，那隻六十燭光的燈泡便謙卑地亮起來。因爲燈懸得太低，使木屋裏充滿陰影。雨仍舊下得很大，雨聲更加嘈雜。杜憶南劃亮火柴燃煙。這時，吳思揚驀地站起來，站在那兒一會，他坐下來。坐了一會，他又站起來了。

「我去做第四個凳子。」他說。

邵儒放下書本說：「你瘋了。」吳思揚早已一個箭步打開木門，衝入雨中。邵儒張大眼睛瞪著杜憶南。他繼續在那兒悠閒地呑雲吐霧，就像什麼事也沒發生過。

「你們都瘋啦。」邵儒氣呼呼的說。

杜憶南却不這麼想。他認爲吳思揚已經考慮過，決定在雨中爲何秀玲做凳子，所以犯不着管他。何況這其中的驅策力相當大，管也管不著。他認爲何秀玲不見得喜歡這種英雄式的愚勇，她是喜歡智慧的。雖說智慧是內涵的量度，不是外延的量度，但是深邃的內涵自然能表露出一種吸引人的神秘感，這跟語言無關。他覺得自己在三人裏面最佔優勢。但是他不敢太肯定，因爲她實在難以捉摸。

當他點上第三根烟時，門開了。吳思揚雙手抱著木凳，興奮地立在門口。他濕得像一條剛釣上的魚。

「快進來，你非生病不可。」

邵儒說著跑過去，幫他脫衣，接著又去找毛巾。吳思揚一面說不打緊，一面聽從邵儒教他做這做那，像個孩子。他的嘴唇凍成紫色，髮梢上的水不斷地往下淌。

「終於湊成一組凳子了。」杜憶南說著，走過去，蹲在地上打量它。他又說，這張凳子做得還不壞。

「我是說，在雨地裏能做成這個樣子……」

「你不覺得可恥麼?」邵儒突然說。

「可恥?爲什麼?」

「噢——不，沒什麼。」邵儒說。

這時吳思揚已換好衣服。他站在那兒說，希望何秀玲會喜歡這凳子。他笑著，因爲臉凍僵了，那笑容很奇怪。

黃昏時分，雨停了。他們一齊下山到村子裏去。他們站在茄冬樹下等她。等著，等著，入夜了。等著，等著，那家小雜貨店打烊了。

她沒來。

思想枝

丁素秋

丁素秋，山東人，一九五二年生，中國文化學院文藝組第三屆畢業。現任美商莫斯鞋業公司秘書；作品另有「火車快飛」等。

自從和美惠訂婚以後，永昌就整日魂不守舍的。他實在說不出來是什麼滋味，高興？惶恐？還是……有時候忽然哼上那麼兩句，或是開個小玩笑，這對一向比較嚴肅的永昌來講，實在是件難得的事。

他原打算成了親過年的，誰知道美惠的女兒瑞雪一直鬧著不舒服，事情一拖就是幾個月。提起瑞雪，永昌就閃出一臉笑意，她秀氣的臉蛋兒，長長的眼梢，白皙的皮膚，簡直就是十幾年前的美惠。

對於美惠，永昌以往一直有點自卑感。美惠家在鎮上是大族，雖然到了美惠爸時家境已大不如前，但有錢人家的那股氣派還在。小學時他和美惠同班，記得有一回，老師安排他倆坐在一塊兒，害得永昌那堂課也沒法專心聽。

小學時候的美惠，朋友不多。一下課除了拿出作業寫寫也不太講話，有次為了一題算術的答案不同，兩人誰也不肯服輸，最後雖然證明是永昌對了，可是美惠却也面無慚色，就像是永昌僥倖抽了個大獎，她只是撇撇嘴，用長長的眼梢瞟了一眼面紅耳赤的永昌。

美惠要做他的新娘了，瑞雪也是他的女兒了：提起瑞雪的爸，不由得永昌怒氣沖頂。當初在鎮上看到了個外地人，沒有太陽的天裏也戴著大墨鏡，還騎著一輛蘭美達的機車在鎮上橫衝直撞的，他就看著不順眼，後來知道是美惠在大學裏的男朋友，這簡直讓他睡覺都在做氣夢。自己偷戀著美惠也十幾年了，只要走過美惠家門口，總要那麼徘徊幾分鐘，一年中只盼著兩個日子，寒假、暑假，這時候他就可以經常「巧合的」看見美惠了。

「阿昌啊！來取衫啊！」阿母又在喊了。

「衣服拿來了？」他慌忙的穿叉了拖鞋。

訂做的西裝上次試過了身，還很合適，今天正式上了身，永昌不免左照右顧的。阿母東揑西招的笑著露出一嘴稀爛的檳榔。

「誰講我的仔長得不好？沒有眼睛啦！」

「阿昌總算是成家立業，也少了一件心事嘍！」

「美惠的嫁妝聽說不少呢！」阿嫂插口說。

阿母瞅了阿嫂一眼。

永昌脫下了西裝，往床上一扔，快步的走了出去。

「這個仔！」

阿母的聲音漸遠。

永昌不自覺的又來到美惠的門口，美惠家不如永昌家那麼一眼望去就喜氣洋洋的。兩株大的檳榔樹上沾滿了塵土，綠色大門的油漆也有些剝落了。

永昌躊躇的看著門鈴，想要轉身回去，却聽見美惠在裏面說話的聲音，永昌想要進去，又有些不好意思，昨天才在美惠家坐了一整天，今天才是上午却又來了，可是永昌的手已經按在門鈴上了。

美惠著了件寬鬆的洋裝坐在門廊的搖椅上，她閉著的眼睛微張了一下。

「美惠，」永昌低聲的走了過去。

「今天變熱的呢！」美惠抹了下半遮了面的頭髮，她朝永昌笑著。

「進去搬個椅子坐嘛！」

「不用了，我站着好了。」

永昌注視美惠擱在膝上的手。

「多潔白的一雙手啊！」他心想。

永昌不自覺的蹲了下去握住了它。

「——海棠開得眞盛啊——還有兩天就是瑞雪的生日。」

永昌抬頭望了眼似在沈思的美惠：

「我說過，等過了這個夏天，我們去旅行一趟——蜜月旅行，帶着瑞雪。我們痛痛快快的玩一下。」

美惠望著地上露出的兩個人頭的影子，永昌隨著她的目光看了過去，忽然湧起一陣欣喜，他想起自己讀書時候的情形。那正是秋收季節，永昌和一個最要好的同學躺在一片鋪了乾草的稻田上，那天，淡淡的風，沒有太陽，他們就一直靜躺著望著天空裏銀灰的雲彩。永昌也不知自己怎會湧起這麼一個聯想。

這天，沒有一絲風，天氣悶得很，永昌木呆的躺在床上望著天花板，這間屋子正對著花圃，阿母說給他做新房的，現在他這麼瞪著眼一躺，才發現天花板上的小塊雨水印子。

「要趕快修一下。」他想。「那張柔軟的床也快搬來了，一切要粉紅色。」

他忽然想到美惠白嫩的皮膚，永昌情不自禁的摸着身邊叠得整整齊齊的被子，他想起剛上初中時偷看隔壁阿明他姐姐洗澡的事。那是他第一次發現女人的身體是美的。平常金枝披頭散髮的穿着她阿母的衣衫，倒也不覺得怎樣。那次是去找阿明，湊巧金枝在廚房裏洗澡，他當是阿明還正準備嚇他，却從門縫瞄見一團白白的東西。

「阿昌，免發神經了，來呷飯了。」

說也奇怪，這些日子竟然吃不下東西，工作也無勁了，幸虧他的兄弟田昌、金昌在照顧着生意，他就這麼每天躺着，實在是躺不下了，就到美惠住的地方散散步。

「新郎要多吃多睏，身體好喲！」他阿嫂替他把飯壓了又壓。

「這個仔這麼大了還要人操心！」阿母瞥著無精打采的永昌。

「美惠是個大美人了咧，你啊——」阿嫂曖昧的搗著嘴笑。

翻來覆去，永昌幾乎又是一夜沒睏。鷄雖叫了，天還漆黑著。永昌覺得肚裏似乎餓了，他放輕了脚步，到冰箱裏取了兩塊硬餅，吃下了肚，倒也覺得舒服些了。

默默的爬下了床，想到如果美惠現在躺在身邊有多好。永昌幾乎沒有接觸過什麼女人，除了半年前被店裏對面巷裏的寡婦騙過，他可以說是沒有碰過女人。永昌也不知她叫什麼，只知道別人叫她「大腰」，是因爲她的腰很細，人家故意這麼叫的。任何人都看得出來，大腰來店裏買東西是有意來找他搭訕的。那次就是藉口要永昌過去幫忙抬箱子，沒想到永昌一進去，就只瞧見她穿了件透明睡衣，她叫他到臥室去搬，她却逕自躺在床上，盡是說一些不著邊際的話，後來竟摸起永昌的臉，說永昌長得好，很討人喜歡。

永昌打了個顫：「該死的恰女人！」

「又要出去？」阿母看見永昌穿上了鞋襪。

「我想到臺北看看生意怎樣了。」

「過三天就結婚了，有誰做新郎還到處亂跑的？」阿母狠勁指着永昌的頭。

「么——你的頭髮還未清理？嚇死——」

「死」字一出口，阿母情急的頓住，連同底下的一串話也給吞了回去。

坐了一天的火車，腦子裏就是美惠站在她家門口和他揮手的模樣。「快些回來。」那聲音也不嗲氣，却令永昌感到自己整個人都溫順了起來，當時有種衝勁，想要拿起美惠的手來洋禮吻上那麼兩下，可是這畢竟對一個嚴肅的人來說總有那麼一些行動上的困難，所以他只能像個有禮的鄉下仔，多情的，那麼深深的望了美惠兩眼。

店裏的伙計看見永昌來了，瞪大了兩枚還在做夢的白色眼球。櫃臺邊的阿秀正點著搖搖欲墜的腦袋，一邊的菊妹狠的招了一把她癡肥的膀子。

「死人啊！」

「唔——老板。」

永昌沒理睬，到了後面的房間。

「賴會計呢？」

「到——」

「到——」

伙計憋住了呵欠，指指對街的巷子。

「在奇奇冰店。」

「什麼時候開了個『奇奇冰店』？」

永昌的百貨店也經營了許多年了，有幾回險些被一些新開的給頂垮了，所以不管是什麼店，只要是新開張的，永昌就不太舒服。

進了巷子才知道這冰店是以前的一個小冰攤擴大裝修的，上面還掛了個大牌子「生啤酒」。

沒有見著賴會計，倒是感到一進門就有一個女人盯著他。永昌找了個靠角落的位子坐了下來。

女人走了過來。大概鞋跟太高了，她突然像是扭了一跤。一隻黝黑塗了蔻丹的手按在桌面上。

「要飲點什麼?」

永昌抬了頭，顯然嚇了一跳。

「妳——」

女人拉了一把椅子坐下：「好久沒見了。」女人扭轉著手帕，乘對方不注意的時候抹了一把腋下的汗水。

女人叫了兩大杯啤酒。猛灌了兩口。看樣子似乎是帶著遇見舊情人的喜悅和緊張。

「唉，不做生意是不行啦!要呷飯呀!靠男人也是靠不住的，有良心的死啦，沒良心的，不把妳吃了就不壞了。人喲!還是自己才有可靠——再講，我阿美、俊雄也都大了。」

永昌抬眼望了大腰一眼，似乎是胖了些，以前長及腰部的頭髮燙短了。

「妳好像不太一樣了。」永昌飲了一大口冰啤酒後，也引起了說話的興緻。

「沒什麼啦!只是一心做生意啦!」

「我要結婚了。」這是永昌一見了大腰就想說的。現在他暢快的飲上兩大口。

對方顯然有些失意。

「其實你店裏的人早告訴我了——我每次去買東西總會問些你的事情。」

永昌一飲而盡。

「她是個大學生——她一定很美麗。」

「阿美長高了吧！她實在很可愛。」

永昌望著大腰空了的酒杯，他突然想起是來找賴會計的。他抬起頭想和女人告別，正碰上女人多情的眼睛。

「我要走了。」

女人沈默了。又是快速的一抹腋下。

「晚上我請你來吃飯。」

「不行！」

話脫出口，永昌不免覺得有些失禮。

「不必啦，晚上我就要走了。」

「阿美他們一定很高興看到你哪！」

三個多月沒來臺北，倒使永昌想起前些日子幾個朋友在攤上呷酒、趕電影的情形。雖是十分悠閒，但有時也會莫名其妙的坐立不安。

「美惠現在在做什麼呢?」

永昌看了下腕上的錶。他的腦子突然出現了一個鏡頭。在銀幕上有兩個人隔着一條線而彼此思念着。

「今天該回去的。」他想。可是又想起剛才和大腰分手時她咬著下唇的情態。「其實吃過飯搭夜車走也可以啊!」永昌想。

「怎麼阿美他們還未回來?」他放下了碗筷。

「是啊,說好放學回來的嘛!」

「或許在學校裏寫功課吧!」大腰在廚房裏洗著碗。

院子飄進了玉蘭花的香氣。

「你能不能給我幫忙?」

永昌注視著女人顫動著的臀部,他感覺女人的腰肢比以前豐腴了,忽然永昌溢起一種熟悉而溫熱的感覺。一陣微風吹來,女人低哼著那首思相枝,永昌彷彿間覺得自己柔順了起來。

「做什麼?」聲音近乎低喃。

永昌望了望腕上的錶,心想:

「明天早上回去也是可以呀!」

憨孫

魏偉琦

魏偉琦，臺灣新竹人，一九五三年生，中國文化學院文藝組第四屆畢業。現任文化大學文藝組講師，中華學術院華岡筆會會長。著有長篇小說「青春的行列」、「飛花時節」、「長春花」、「生之狩獵」，中短篇小說集「繡像」等。

外婆又去賣菜了，舅媽也一大早就開始在厨房忙，把我撇在一邊，阿珠她們剛才來找我去溪邊玩，我沒好氣地把她們趕走。她們走了以後，我又好後悔，為什麼不跟她們去玩呢？一個人坐在這門檻上，有什麼意思嘛？

現在大概還沒到吃飯的時間，太陽光還沒照到門口，而且，鄰居的阿婆和嬸婆們去賣菜，一定也還沒回來，不然，才不會這麼安靜呢？

門前的晒穀場上，這時候有好多隻痲雀飛來偷穀子吃，一面咭咭喳喳地亂叫。牠們眞是的，有得吃還那麼吵，等一下被舅媽聽到了，會拿起掃把出來打牠們的。在場上的金黃色穀子，被扒成一行一行的；有的歪歪曲曲，好像一條條金蛇。

哎呀，今天眞是無聊，連天上都是一大片藍色，一小塊白雲也看不到。早上醒得太晚，起來時外婆已經賣菜去了，不然我死纏也要跟去菜市場。我最喜歡跟外婆去賣菜了。外婆在忙着抓菜稱斤兩，我就悄悄地看來來往往的人。那些打扮得很漂亮的胖太太最討厭了，每次外婆說白菜一斤兩塊錢，她一定要外婆賣她一元五毛，嚕裏嚕囌的，要走之前還拿手在我臉上捏捏。

不過，我還是喜歡跟外婆去市場，常常跟外婆買菜的幾個太太，看見我總是小妹妹長，小妹妹短，笑嘻嘻地問我有沒有吃飯。旁邊的一個菜販子就對我說：

「小晶呀！你來了，倒幫外婆招徠許多生意哩！」我最喜歡聽這句話，希望他每次講大聲一點，好讓外婆聽見了，我才可以天天跟外婆來。

外婆不喜歡我跟着去，她老是怪我走路太慢。可是，這怎麼能怪我呢？外婆走一步，我就要走兩步。她挑起裝滿菜的籃子，走路就像飛機，菜籃裏的菜跟着顚呀顚呀的，好像要掉下來，我跟着快都追不上，每次我跑得氣喘吁吁的，她還嫌我走得慢。

賣完菜回來時，外婆就不再怪我走得慢了。她挑着兩個空菜籃，一手牽着我，祖孫倆慢慢地走回來。我一邊走一邊踢路上的小石子玩，外婆都不會罵我。或者她邊走邊和同伴談話，我就兩手抓住菜籃邊緣跟着走，菜籃一搖一搖的，就好像隔壁小娃娃的搖籃。我用手輕輕推着她玩，有時候忘記了，推得太猛，外婆就低下頭來說：「憨孫，你在做什麼？」我對她吐吐舌頭，她就笑着摸摸我的頭。

外婆喜歡叫我「憨孫」；其實，我一點都不憨，每個大人見了我，都會說一句話：「好聰明伶俐的小女孩，又長得這麼可愛。」這些話我記得最牢。雖然我不知道「伶俐」是什麼意思，但是我從大人說話時的表情上，我相信那一定和「聰明」、「可愛」一樣，都是好話。

有次我問外婆，爲什麼叫我「憨」孫？外婆雙手忙着編竹笠，不理我的問話。我就纏着外婆一遍一遍地問；外婆大概給我吵煩了，才說：

「憨孫，外婆是疼你才叫你憨孫的。」

我又纏着問，爲什麼疼我要叫我憨孫？外婆也不說。不管怎麼樣，反正我知道叫我憨孫是疼我就對了。

外婆最疼我了，從來也不曾罵過我打過我。不像阿珠，她的家人常常打她，還用指甲掐她，所以她身上有許多青斑；好可憐！外婆說她是抱來的養女，所以會被人家欺負。外婆還告訴我，養女就是爸媽不要的女兒，所以賣給別人作養女。我想了一下，又問，我是不是也和阿珠一樣，爸爸媽媽不要我，賣給外婆作養女的？外婆聽了，立刻又說：「憨孫，胡說，你爸爸媽媽怎麼會不要你？」我覺得好奇怪，不是爸媽不要我，爲什麼我要住外婆家？我還想問，外婆就去挑猪食準備餵猪了，把我一個人丢在那裏，我想了好久都想不通。

「小晶呀！你這個孩子，那麼多鳥偷吃穀子，也不知道來趕一下。」舅媽跑出來，一邊說我一邊拿着竹子就去趕痲雀。

「舅媽，給他們吃一點嘛，他們的肚子一定很餓。」

「都給他們吃光了，你吃什麼？」

舅媽眞小氣，痲雀那麼小，怎麼會把這樣多的穀子吃光呢？

「在這裏看好，不要再讓痲雀偷吃了。」舅媽把竹子交給我。她說：「我去厨房炒菜。」

「舅媽，外婆還沒囘來，爲什麼要炒菜？」以前都是外婆賣菜囘來才開始炒菜的嘛。

「還不是爲了你？等一下你爸爸要來。」

「我爸爸爲什麼要來？」

「要帶你囘去呀；現在他發達了，要給你吃好的，住好的，穿漂亮的。」

「他爲什麼要帶我囘去？外婆去不去？你也要去嗎？」

「你這孩子也眞叫人煩，成天就只知道問東問西的；等一下你不會自己去問你爸爸？」舅媽說完就跑向厨房去。

外婆說爸爸家很漂亮。我沒見過爸爸，不過，我見過媽媽，媽媽以前是學校的老師；好神氣哦，阿雄大哥他們最怕老師了。外婆還說，爸爸家有好多哥哥和姊姊，有我的一隻手的指頭那麼多，一、二、三、四、五，哇！有五個。好好哦，我可以和他們去玩，叫他們帶我去摸河蚌，去捉蚱蜢來烤……可是，他們兇不兇？會不會像阿雄那樣，專門欺負女生？哼！我才不怕呢！他們要是敢欺負我，我就告訴外婆，叫外婆打他們。對了，我還要跟外婆去賣菜。爸爸家的菜市場不知道有沒有那些討厭的胖太太；她們假如敢再用手捏我的臉，我就用脚踢她們。只是不能給外婆看見。

爸爸家不知道有多遠？等一下要去告訴阿珠她們，說我爸爸要來帶我去爸爸家玩。外婆和舅媽也要去。我還要告訴阿雄他們，說我媽媽以前也是老師！

「憨孫！憨孫！」

外婆回來了。外婆每次都是還沒到家，在竹林邊就開始叫我。我趕快跑出去。

「外婆！外婆！好高興哦！」我跑得太快了，一衝就直衝到外婆的眼前，差一點點就栽倒。外婆很快地扶住我，我還在喘氣就告訴她：「外婆，舅媽說我們要去爸爸家，爸爸家好大好漂亮……」

「唉，憨孫，太陽這麼大，跑出一身汗。」外婆拉着我，拿衣角幫我擦汗。我好高興，才不管他流汗呢。

「外婆，我們要去爸爸家，爸爸家有很多哥哥姊姊，爸爸家很漂亮，媽媽是老師……。」

「小晶，你爸爸來了。」舅媽在外頭叫我。

「外婆，快點嘛。」

外婆剛才從市場回來，幫我買了一件花洋裝，她說爸爸來了，不能讓他看見我穿的衣服不好看。幫我洗過臉以後，她就替我換衣服。正在替我打腰間的蝴蝶結時，爸爸就來了。

他就是爸爸？我問外婆。外婆却叫我過去叫他一聲「爸爸」。他長得好高，我都看不到他的臉；還是他彎下腰來，我才看清他穿着西裝，還打了領帶。這麼熱的天氣，他還穿西裝，打領帶？我不喜歡這樣。

「小晶，讓爸爸看看。」他要拉我的手，被我甩開了。「你媽媽說你長得很可愛，很逗人喜愛，果眞不錯。爸爸從你出生一週歲以後就沒見過你，眞沒想到你竟然是家裏六兄妹中最好看的。爸爸應該早點來帶你回去的。來，讓爸爸抱一下。」

他伸手要抱我，我趕快躲開，躲到外婆的身後，抱住外婆的兩條腿。

「憨孫，是你爸爸，怕什麼？去，去叫一聲爸爸！」

不管外婆怎麼推我，我都死抱住她的腿不放。

「去呀，你這囝仔，平時見了誰都會甜嘴蜜舌地叫，怎麼見了親爸爸，倒是被漿糊黏住嘴了？去，去叫。」

「來，小晶，你看爸爸給你買了個洋娃娃來。眼睛會動呢！你看，他還會叫媽媽。」

我從外婆邊邊偷看一眼，哇！好大的洋娃娃。金色的頭髮，穿着白紗裙，好漂亮哦！她那眼睛一張一閉的，她還一面在叫『媽媽』呷！這樣好玩的洋娃娃，包準阿珠她們沒見過。以前看阿珠她們在玩布娃娃，我覺得好沒有意思；可是，爸爸手裏的洋娃娃眞的好漂亮；他眞的要給我嗎？

「來拿吧，小晶，假如你喜歡，爸爸再買給你。家裏你哥哥姊姊的玩具有一大堆，隨你怎麼玩都可以。」

「去呀，憨孫！爸爸要給你，你還不去拿？」

洋娃娃實在漂亮，金色的頭髮摸起來不知道是不是很滑？紗裙蓬蓬的，好像新娘紗；阿珠她姑姑出嫁時穿的都沒這麼好看。把她拿在手裏摸摸看，一定很舒服。

我慢慢靠近爸爸，把洋娃娃拿了過來。爸爸又要伸手抱我，我趕快跑回外婆身邊。

「你這憨孫，拿了爸爸的東西也不肯叫一聲。來，乖，叫一聲『爸爸』，叫呀，憨孫！」

我才不管呢，反正洋娃娃已經被我拿來了，爸爸會不會把她搶回去？抱緊一點，不要被搶回去了。我偷看一下爸爸，他好像沒生氣，因爲他在笑。外婆說過，人在笑就不會生氣。

洋娃娃的頭髮眞的好滑，金金的。嘖，衣服口袋裏還有一把小梳子，我可以替她梳頭。外婆每天幫我梳頭紮辮子，以後我也要幫娃娃紮辮子。等她衣服髒了，我要到河邊去，學舅媽洗衣服那樣，用肥皂把它洗乾淨。

「……小晶的媽媽本來也要來的。」爸爸怎麼提到媽媽，媽媽怎麼了？「可是，最近她身體還不太好；這麼長的路途，我怕她會吃不消，所以才沒讓她來。」

「素素的身子還是那麼差？」外婆又說：「唉！也難怪她，在嫁你之前，她只管讀書，什麼事都不會做。結婚後，一連生了這麼多小孩，她當然撐不住。」

「是……是……」爸爸只管點頭。

「現在你的生意做得如何了？」

「托您的福，好多了。一次失敗的經驗，使我學會聰明了。我相信今後不會再像那次一樣。」

「唉！提起那次，也眞慘，錢全被那些沒良心的人騙光了。素素又爲了照顧五六個孩子，不得不辭掉敎書的工作。家裏欠了那麼多債，眞可憐！最可憐的是我這個憨孫，素素的奶不夠她吃，又瘦又病；好在我趕緊把她抱來這裏，餵她牛奶。不然，她這條小命現在都不知道在那裏了？」外婆一直歎氣，她是在說我嗎？素素是誰？媽媽叫素素嗎？他們在說些什麼？我怎麼都聽不懂？

「是……是……」爸爸拿出手帕，在臉上擦來擦去。「也虧得媽您肯幫忙，自己省下錢買奶粉給小晶吃。素素和我都感激不盡，不知道要怎樣來報答您。對了，這是我託人從外國帶回來的人蔘，給您老人家補補。還有這是……」

哇！好多東西，用花花綠綠的紙包着。一盒一盒的，好像過年的時候，街上店裏在賣的東西。這些通統要給我們的嗎？

「花錢買這些東西做什麼？」外婆把東西放在旁邊的椅子上，也不去拆。我眞想看那些是什麼。「我從年輕就種菜賣菜的，身體很健壯，吃什麼補品？倒是拿回去給素素吃才對。」

「媽，您就收下吧！素素要吃，我隨時可以買。而且，家裏有的是；這一點是孝敬您老人家的。不說什麼，光是你把小晶養得這麼漂亮，這三、四年來的苦心，我就是買下全世界的補品也沒法子報答您。」

「還說什麼報答？只要看到你們夫妻倆和和睦睦的，一家大小過得好，我就很高興了。噢，上次素素來，我聽她說，你最近在外頭養了個不乾淨的女人，有沒有這種事？」

「沒……沒這回事。」爸爸又在擦汗。誰叫他又穿西裝又打領帶的？「素素向來喜歡胡思亂想，尤其身體不好時，就會瞎疑心。沒這回事的。」

「沒有最好。有的話就要趕快切斷，那種不乾淨的女人惹不得，她們看男人身上有幾個錢，就會大獻殷懃，害得人家妻離子散。你們男人在外做生意，可千千萬萬要注意喲。」

爸爸好像很怕外婆，外婆說什麼他只敢說「是，是」。剛才外婆說什麼「不乾淨的女人」？誰是不乾淨的女人？是不喜歡洗澡的女人嗎？還是像阿隨嬸揷秧時那樣，全身都是泥巴？

外婆今天好奇怪，和爸爸說話也不笑幾聲。平時她和別人說話時都好大聲，而且還會大笑呢。她跟爸爸在說什麼，我怎麼都聽不懂？我又不敢問。外婆說過，大人講話時，小孩子不能插嘴。插嘴就是不乖的小孩子。爸爸趕快走吧，我好問外婆。不行呀，爸爸不是要帶我們到他家去嗎？

舅媽來叫我們去吃飯。今天的菜像拜拜時那樣多。爸爸以前怎麼不來？他來了舅媽就會煮好多菜，好多好好吃的菜。

吃飽飯，外婆就幫我梳頭。她今天梳得好慢。

「憨孫，回到家裏要聽話；聽爸爸媽媽的話，也要聽哥哥姊姊的話。一張嘴巴不要老是問個不停……

「不能再一天到晚亂跑。城市裏車子多，很危險……

「憨孫，不要吵人，不要纏人……

「家裏大家都會很疼你的……

……」

外婆一句話接一句話地說，我想問她話都沒有機會。「文德呀，要不是憨孫要上幼稚園，我實在捨不得她走。這孩子聰明可愛，誰看了都會疼惜。跟我住了這麼多年，我實在捨不……」

「媽，您別難過，我知道您會捨不得。等她放寒假時，我一定會帶她回來看您。」爸爸抬起手來看看錶。「現在時間也不早了，素素他們母子都在家裏等着看小晶，車子也在外面候得很久了。」

「好吧！」外婆牽着我向外走。我看到她用袖子擦眼睛。外婆怎麼在哭呢？我們要去爸爸家呀！「這個孩子很好帶，調皮的時候，千萬別嚇她，好好跟她講就可以。在這裏，我從來沒打駡過她。她會很聽話的。」

「我知道的，媽。」

「這孩子怕熱，不要給她穿太多的衣服。她喜歡吃……」

一輛大汽車停在竹林外的路邊，外婆牽着我走去，邊對爸爸說話。爸爸就在外婆旁邊走，外婆說什麼，他就點點頭。

開車的人把車門打開，外婆要抱我進去。我摸到外婆身上粗粗的衣服，外婆怎麼不去換上那件軟軟的衣服？以前每次坐車子，她都穿那一件的呀。

「憨孫，乖乖地跟爸爸回去。」

「外婆，我們要坐車子了，你怎麼還不換衣服？」我不管能不能插嘴了，外婆不換衣服怎麼坐車子？

「憨孫，外婆不……」

「對對，你外婆要去換衣服，我們在車子裏等她，小晶乖，讓外婆去換衣服。她就會趕上我們的。」

我看看外婆，外婆臉上有淚水，外婆在哭。爲什麼要哭呢？我們要去爸爸家玩呀。

「憨孫，你要乖乖。」外婆摸摸我的臉，眼睛裏又掉下水來。外婆，不要哭嘛。「乖孫，你乖乖跟你爸爸回去，外婆……外婆去換衣服。」

外婆轉過身，很快就跑回去。

外婆快跑唷，快換衣服，我們要去爸爸家玩啊！

老師說今天不必上學。我好高興。

爸爸媽媽叫我去讀幼稚園，我最討厭去上學了。學校裏的小朋友好壞，都叫我鄉下孩子，還拉我的辮子，拉得我好痛。可是我又不敢哭，我一哭老師就會駡我。外婆以前沒有敎我說國語，老師就駡我笨。我不會寫名字，她也駡我呆瓜。我才不呆呢。外婆家的人都說我聰明又懂事，我只是國語說不好。你們看好了，我爸爸家有好多哥哥姊姊，他們都會敎我，以後我會說國語說得最好；有什麼神氣？我媽媽也是老師呢。

不上學時最好，哥哥姊姊會陪我玩。他們還把好多玩具給我；好多好多，害得我的床頭都不够放。

爸爸家很好，床軟軟的，又有好多蘋果可以吃，每天吃飯都像吃拜拜一樣。外婆怎麼還不趕快來？我每天都偷偷留半個蘋果，等外婆來了給她吃。

媽媽規定我們睡午覺以後，才准哥哥姊姊陪我去散步。媽媽是偉大的老師，但有時候也會罵人。大姊說媽媽本來很好，因爲她生病了，所以才會罵人。那麼，學校裏的老師也是生病了，所以才罵我嗎？我最不喜歡的是，媽媽每次都要我穿鞋；上學要穿鞋，散步要穿鞋，連在家裏也都要穿鞋。以前在外婆家，除了上街，我每天都打光脚。

大姊幫我綁好鞋帶後，哥哥姊姊就牽着我出門去散步。爸爸家附近沒有小河，沒有稻田，也沒有竹林；每次出去散步，就只有在家後面的水溝旁玩，看溝裏的小蝌蚪。

到了水溝邊，大哥先把鞋子脫下來，大家都跟着脫鞋。我也很高興，連忙踢掉鞋子。鞋子包住脚眞難過。

「誰敢下去捉那隻蝌蚪？那隻已經長出脚的。」二姊指着水溝說。

「才不要下去，水溝好髒，又有蟲會咬人。」三姊最怕蟲子了。

「你們臭女生小膽子，又怕髒，又怕蟲，當然不敢下去了。」二哥拉拉褲子說。

「誰說我們女生不敢？我才不怕蟲，我還敢捉呢。」他們城市人才笨；這條水溝又不會淹死人，怕什麼？我以前還跟阿雄他們去大河捉過蝦呢。

「小晶，你敢？」大哥對我說，好像很瞧不起我的樣子。

「有什麼不敢？你看好了！」我先把裙子撩起來，一下就跳下水溝去。嘖！他們城市的水溝好臭，爛泥巴潑在我的衣服上，臭死人。糟糕！等一下回去後，媽媽一定又要罵我野了。

「看，那是誰家的髒小孩？居然跳到水溝裏去，眞沒敎養！」我看到一個臉上畫得紅紅的太太，用手帕掩着鼻子，一邊說一邊走過去。

「哎呀！那不是林家的小晶嗎？眞是髒死了。嘖嘖！孩子就是不能讓他們住鄉下；住了三四年，變得又野又沒敎養，長大了還得了？」

「以後可不能讓我家的美美和她玩，免得被她帶得跟她一樣壞。」

「……」

哼！你們罵我是野孩子，鄉下孩子，你們美美有什麼了不起？我才不喜歡跟她玩呢，你這個醜八怪的老太婆，還罵我？好可惡，再罵，好，我就用泥巴丟你！

「哎喲，林太太，林太太嗰！快來看看你們家的小晶，把我的新旗袍都弄髒了，我要你賠。」

哈哈！活該！哈哈！現在她也和我一樣，衣服上有泥巴，看你還敢不敢再罵我？

「小晶，你闖禁了，快上來！」大姊在岸邊直叫。「趕快上來，跟我們回去。」

大哥他們都快跑回去了，大姊也跟着跑去。我看大家好像都很害怕的樣子，到底怎麼了嘛？

「小晶！過來！」我才跑到門口，就聽到媽媽很兇地叫我。媽媽一定又發脾氣了。「你給我跪下！」

我進去後，就看見哥哥姊姊都站在媽媽後面，媽媽怎麼就罰我一個人跪？我不敢問，只好乖乖跪下。外婆說，要聽媽媽的話。

「媽媽告訴你多少遍了？叫你要像哥哥姊姊學作一個規矩的小孩子，爲什麼你總是不聽？那麼臭的髒水溝也敢下去玩？你不怕有細菌？害了病怎麼辦？」

什麼是細菌？跳進水溝也會生病嗎？

「下水溝玩已經是大大不該的了，你還拿爛泥巴丟在陳媽媽的衣服上，媽媽怎麼會生了個你這麼沒規矩的小孩？這眞是要氣死我了。」

是那個太太先駡我，我才丟她的嘛。我本來也不是要丟她的，我不是故意的嘛。

「你看看你自己，一身髒兮兮的，這裏的小孩那個像你？你的鞋呢？」

啊！我的鞋呢？我看看脚丫丫，光光的。對了啦！剛才大哥他們脫了鞋，我也跟着脫掉；後來，後來大家跑回來，跑得好快；我跟在他們後面跑，都忘了穿鞋子了。

「又脫鞋了？要怎麼說你才聽得懂？你看看別家的小孩，那個像你這樣？」

「哥哥他們……」

「他們怎麼樣？你看看你哥哥姊姊。」

是他們先脫鞋我才脫的嘛！看就看嘛。咦？怎麼他們腳上都有鞋？明明都脫掉了，怎麼鞋子又跑回他們的腳上？

「你呀，眞應該學你哥哥姊姊。」

我是跟他們學的呀，他們脫鞋我也脫。他們說我不敢下水溝裏去，我就下去給他們看；我明明是跟他們學的呀！可是，可是當他們穿上鞋子時，怎麼沒告訴我也要再穿起來？

我看到二哥把腳提起來，給我看他腳上的鞋子，還對我扮了一個鬼臉。

「把你送到外婆家去住是不得已的事，你怎麼會學得這麼壞？你知不知道？……」媽媽還在罵我，可是我却沒繼續聽下去，我在看媽媽背後的二哥；他對我扮鬼臉是什麼意思？他還對我笑；笑什麼嘛？有什麼好笑的？我給媽媽罰跪你就在笑我？

二哥又對我擠出一個豬臉，大姊他們看了也都偷偷笑起來，眞好笑，二哥變成一隻豬，哈哈……

「笑，你還有臉笑？沒有羞恥心的小女孩，不哭已經很糟糕了，你還笑得出來？」

「是……」我指了二哥說：「是二哥，媽，二哥他……。」

「他怎麼樣？」媽媽一轉個身去，二哥立刻乖乖站好，大姊他們也不笑了。「二哥才不會跟你一樣呢！」

為什麼嘛？為什麼我學他們，結果都是我捱駡？

二哥又在媽媽後面扮鬼臉了。

爸爸常常出差。我不知道出差是什麼；大姊說就是要帶一個皮包出門，好多天後才回來。我現在已經很乖了，每天都穿鞋子。剛好我們學校放三天假，爸爸就說要帶我去出差。我好高興！又坐車子，爸爸又對我好好，要什麼他就買給我。還有一個阿姨，身上香香的，她帶我去兒童樂園坐飛機，飛呀飛的，好過癮。還帶我去動物園看猴子，還看到好多好多的小鳥。

阿姨眞好。我和爸爸要坐車子回來時，她幫我梳頭紮辮子。爸爸就在旁邊看。她拿媽媽用的那種香粉給我擦，還有口紅哩。最後，她替我穿上一件好漂亮的衣服，像洋娃娃穿的那種衣服，蓬蓬的，腰上有一隻蝴蝶。前面還有亮晶晶的珠子。穿上這樣的衣服，好像戲裏的公主。我在原地轉了一圈，蝴蝶就飛起來，珠子也一閃一閃的。我要穿去給阿珠看；我敢打賭，她一定沒見過這麼漂亮的衣服。

穿這麼漂亮的新衣，我連坐在車子裏都不敢動；怕一動蝴蝶就會飛走，或是亮珠子會掉下來。

「小晶，玩得高興嗎？」爸爸摸摸我的手，笑着說：「假如妳想再玩，爸爸下次再帶妳來。」

來。」

「眞的？我要來，我還要來。」

「好，好，等妳放假，爸爸再帶你來。不過你要聽爸爸的話，回去之後，不能跟媽媽說看到一個阿姨。」

「爲什麼不能？阿姨對我很好，買衣服給我，替我擦粉。我喜歡她，爲什麼不能對媽媽說？是阿姨不喜歡我嗎？」

「阿姨怎麼會不喜歡你呢？阿姨對你這麼好，爸爸都親眼看見。只是……反正你要記住，媽媽問你有沒有見到阿姨，你就說沒有。知道了嗎？」

「可是？爸爸，老師說不能騙人的。」

「你這小孩怎麼這樣拗呢？叫你不要說就不要說——死問活問的，再這麼嚕嗦，下次就不讓你來。」

爸爸生氣了，他的臉上不笑，又好大聲的罵我。爲什麼嘛？剛才還高高興興的，一下就罵起人來。

那個阿姨是誰？爸爸爲什麼叫我不能告訴媽媽？她對我很好，她跟爸爸說我好漂亮，她喜歡我，又抱我親我。只有一次，爸爸去辦事，叫她陪我。爸爸一走，她就不理我，把我關在房子裏。不過我不生她的氣，因爲，爸爸一回來，她又對我很好了。

「聽到了沒有？不准說。」車子開到家門時，爸爸又兇兇地告訴我。我怕他會打我，就趕快告訴他，我不說，不說。

哥哥姊姊在門口接我。他們看我穿得亮晶晶的，都圍着我說我好漂亮啊！大家牽着我進屋子裏去。媽媽一個人坐在客廳裏；一看到媽媽，我就想到爸爸剛才對我說的話。我看看爸爸，他對我瞪了一眼。

媽媽還在生病；好累的樣子，連頭髮都沒梳。衣服也皺巴巴的。阿姨就不一樣，她頭髮梳得好高，衣服也好整齊，全身香噴噴的。

媽媽好可憐，她生病了，連爸爸都不對她笑一下。我看見爸爸對阿姨一直在笑。可憐的媽媽，小晶對你笑好了，你趕快好起來，打扮得跟阿姨一樣漂亮。

「小晶，過來。」

媽媽看到我，先直直地看着我。什麼話都不講，然後她站了起來，嚇了我一跳，她一把抓住我，拉到爸爸面前，兇兇地說：

「你……你這沒良心的畜生，你把我女兒帶到什麼地方去？誰讓那個賤女人把我女兒打扮成這種妖精相？」

「沒有啊！我帶小晶到街上逛了一趟，她喜歡這件衣服，我就買給她。店員看她可愛，就主動幫她化粧。」爸爸不看媽媽，一面說一面走向臥房去。爸爸好壞，他在騙媽媽。

媽媽又抓住我跟着進房去；媽媽的手直發抖。

「你不要騙我，別以爲我病了，什麼都不知道。告訴你，我的眼光跟我的心可還沒病；你……你太可恨了，自己要野，連我的女兒也帶了去，你……」

「我怎麼樣？告訴你又不相信，你要我怎麼樣？」爸爸把領帶拉下來，往床上一躺。「我要眞的在外面養女人，還會傻得把女兒帶去礙手絆脚的？」

「你這個狐狸，你以爲把小孩帶着去就可以騙得了我？你簡直卑鄙、下流！」

媽媽怎麼一直在駡呢？媽媽，不要生氣嘛，你都氣得在發抖，爸爸好壞，爲什麼叫媽媽氣成這個樣子呢？媽媽現在還在生病，你對媽媽笑一笑嘛。

爸爸不但不對媽媽笑，還跟媽媽一樣，大聲吵起來。兩個大人吵得好兇；我怕死了，想跑出去，手又被媽媽抓得好緊。媽媽愈抓愈緊，我痛死了。

我一直叫「媽媽」，我的手好痛。可是媽媽和爸爸只顧吵架，都不理我。我的手痛死了！外婆，外婆，我的手痛痛；外婆，你怎麼還不趕來？外婆！你的憨孫手痛嘛，外婆……。

「小晶！」我被媽媽一下拖到爸爸面前。「你說，你說是誰把你打扮成這樣子的。」

「素素，你怎麼這樣對待小孩？」爸爸趕緊把我拉到他身邊。「小孩不懂事，你不怕嚇壞她了。」

「哼！女兒是我的，你管不着！」媽媽又把我搶過去。「別想連我的女兒一起拐跑！」

外婆，我好怕！怕死了，外婆，你來救我嘛！

「……你敢再罵？」爸爸突然吼起來。

「我爲什麼不敢？我就要罵，賤女人，賤女人……」

「你……」爸爸的右手舉起來。啊！爸爸要打人了，媽媽，快放開我，我要逃，我要去找外婆。

「怎麼？你想打我？打嘛、打嘛，打死我算了。」

爸爸舉起的手又放下來，把剛脫下來的西裝上衣抓起來就跑出門去。

爸爸一走，媽媽就哭起來，哭得好大聲，媽媽放開我，兩手摀着臉哭。我趕快跑，我的手還在痛；趕快逃，不要再被媽媽抓住了。跑到門口，聽到媽媽還在哭，媽媽一定好傷心。噢！可憐的媽媽！爸爸壞，欺負媽媽，我要去告訴外婆，叫外婆打爸爸。爸爸最怕外婆了。

我又走回媽媽身邊，外婆說人家在哭的時候，要去陪他。媽媽現在一定要人陪。我拉拉媽媽的衣角說：

「媽媽，你不要哭了，媽……」

「小晶！」媽媽大聲叫我，又把我嚇了一跳。我倒退了一步，媽媽却一巴掌打在我的臉上，我痛得站不穩，頭碰到床邊，扶着床才站住了。

媽媽你爲什麼打我？我又沒不乖，你打得我好痛。外婆，媽媽打你的憨孫，你怎麼不來帶我走嘛，外婆……。

「你這不要臉的孩子，小小年紀就愛漂亮，臉上塗成這個樣子，你要不要臉呀，你？」

阿姨說我漂亮，媽媽却駡我不要臉，外婆，你快來嘛，誰的話是對的？我要聽誰的？……

媽媽又抓住我，一下把我衣服上的蝴蝶拉下來，狠狠地扔在地上。

「媽媽，我的蝴蝶……！」

媽媽不理我，又把我胸前的亮珠珠扯下來，珠珠一顆顆滾落到脚下散了開來。

「媽媽，不要，那是我的蝴蝶，我的珠珠，我的……。」

我要彎下身去撿，媽媽又拉住我。

「你還敢說！那種賤女人的衣服穿在身上也不嫌髒？給我脫下來！」

不要，不要，我不要脫，這是我的衣服，我還要穿給阿珠他們看。

啊——媽媽把我的衣服用力一扯。只聽到「嘶——」一聲，衣服就被扯下來。媽媽拿起剪刀拼命扯剪，把衣服剪成一片片，一片片掉下來，掉了滿地。媽媽又用脚去踩它，踩它……。

我最漂亮的衣服剪碎了！……我的蝴蝶，我的珠珠，一下子全都沒有了。……媽媽，你爲什麼要這樣兇嘛？爲什麼要把我心愛的衣服剪碎？你告訴我，爲什麼？我以前不乖，不穿鞋子，愛亂跑，吃飯把飯粒撥在桌子上，可是現在我都聽你的話，做個規矩的孩子了，你爲什麼還要打我？……

爸爸家的人壞，我不要住這裏了，我要囘外婆家去，我要外婆……外婆！憨孫現在就囘去……，再也不要來爸爸家了……。

「小晶！你上那兒去？……回來，小晶，……」

「嗚！我要找外婆……」

二短篇

櫻井洋子

櫻井洋子，日本東京人，一九五四年生，中國文化學院文藝組第四屆畢業。現任職東吳大學日文語言中心，著有日文短篇小說多篇。

青春之涯

夜幕已漸低垂，有個少女正欲通過學校門口，突然停止了脚步，帶着滿臉的微笑仰視浩瀚的蒼穹，是完成當天的工作而感滿足呢？或是悲愴之餘有所感而發？總之這微笑太奇異了。但，這動作和其本人却是配合得很美。這位少女名叫千草，中等身材不胖不瘦，披着黑色頭髮，帶有一副水汪汪的黑眼睛，剛好十九歲，就讀於某大學一年級。通常同學們都叫她「千草」，很奇妙的，每當聽到這個叫聲時，就使人產生一種溫柔的美感，所以她一直是被多數人所鍾愛的幸福的少女。

今天同往日一樣，她乘着擁擠的電車回去，花了一個鐘頭始到家，一進門口就喊着：「我回來了。」然後逕自回臥房去了，這一切都同往常無異，然而其內心已經產生叫外人無法察覺的異樣，千草進了漆黑的臥室，燈也不開地獨坐桌前，兩隻手抱着頭長吁短嘆着，不知不覺裏淚水汪盈滿眶，潤濕了桌前的一片白紙。「我該怎麼辦才好呢？」她低喃着。但千草對自己的話毫不理解，也許死後的超凡世界才是美好的吧！所以她選擇了死亡——自殺。

千草在進入漆黑的臥房之前，心裏就存有一種疑問，始終困擾着她。「我爲什麼要活着呢？是爲了什麼？還有，何謂生呢？」千草進入大學，不久卽獲得許多朋友，學校生活亦漸習慣的當兒，某天她突然向一個同學問道：「你自己想到爲什麼要活下去嗎？」那同學詫異地答道：「爲什麼嗎？」千草有些迷惑地重說一遍：「生存到底是怎麼一回事呢？」那同學若無其事地說：「我從來沒想到這個問題，生存就是生存吧，爲什麼年紀輕輕的就有這種悲觀的念頭，樂觀一點吧！」千草夾雜着羞徊的表情答道：「是嗎？」從此之後，她不再向誰提出這個問題。大學裏的教授，除了上課時間有接觸餘地外，毫無辦法接近，所以千草的談話對象也就只限於她自己而已。

本來是個純眞美麗的少女，如今却常終自沉默不語，也許，這是女性們常有的現象，但已經連續二、三月不與別人交談了，她自己想：「我有精神病吧？」她對於本身的行爲是了解的，每當讀小說時必對小說的內容加以長考，看新聞時亦是如此，一切的一切都發生疑問與不滿，且自認爲是個悲哀的人。這種思想始終留在其心田裏，難道這是青年人必然的心理狀態嗎？

「我爲什麼要進大學呢？」

「畢業後做什麼呢？」

「我將來要成爲什麼呢？進大學的意義是什麼？」

千草經常反問自己這些毫無目標的問題，學生運動與社會問題使她更加不安，千草自己不能預見將來，只落個不要絕望而已，這時在她腦海裏忽然想起了「神」這個字眼：「我也去信仰多數人所擁有的神嗎？我不是無神論者，但爲什麼否定神的存在呢？像我這樣的人是需要神的保護的。我是一個何等悲哀的人呀，爲了拯救自己只有『死』。」當「死」這個字眼浮現的當兒，她才驚醒過來，身體微微戰慄着。多可怕的想法呀，千草自己嘟喃着：「我討厭這種想法！由自己結束自己的生命是不可能的。」

「我並沒有對不起別人，誰也不對我持有惡感與褒貶，我有生存的義務呀。」這是千草先前的信念，選擇死路的人表情都是冷酷的，有足够勇氣奔向死亡者亦該有生存的毅力吧！千草自信有對待別人的能力，然而却無能捉摸自己。

千草的嗜好是空想和作詩。在她腦海裏經常存有豐富的詩篇，但每當提筆時，却又消失得無影無踪；自己所喜愛的工作却無法做得很好，她完全失掉了信心。「我是個無能的人，繼續活下去有用嗎？」「我該朝什麼目標前進呢？」千草經常這樣沉思着，愈往高處爬，愈覺飄落感，焦慮愈甚，愈感無常，千草一動不動地坐着。這時門外有脚步聲，母親問道：「千草妳怎麼啦？睡覺嗎？」她簡單地答道：「嗯，有點兒累。」母親放心地走開了。

千草一勁兒想觀賞月色，一打開窗簾，那迫不及待的月光衝入室內，外面靜悄悄地，毫無聲響，千草最喜愛這副情景的了，千草想着：「今天的天氣很不錯吧！」「活着實在有意義，但我又不能忍受這種活下去的痛苦。」到目前爲止，有許多急欲求死的人們，其中許多千草所欣賞的作家自殺了，「我的死跟誰也不能相比，我的死會有意義嗎？平凡的人其死法也是平凡的吧？」千草這樣自嘲着。

對於雙親，她不知如何交待，雖想留個遺書，但所想到的一切連一句也寫不出，惟有淚流滿面的寫着：「爸媽，對不起，再見了！」千草開了瓦斯栓，呑了藥，靜靜地鑽入被窩裏，在模模糊糊的意識中，她微微嘟喃着：「啊！我的青春……。」

心聲

這是一個吹著北風，微寒的美好星夜。兩位夫人並肩走著。她們豎起洋裝的衣領，踩著急促的碎步，其中一位夫人不自禁地說：「好冷啊！」同時抬頭仰望夜空，或許是被天上美麗的星辰所吸引吧！這位夫人突然停住了脚步，好像在思索著什麼似的，口裏喃喃說道：「心地善良的人，那才是眞正的美人。眞希望你成爲像星星那樣純潔美麗的人。」另外一位夫人則笑著問：「咦！妳說些什麼呢？」她回答說：「現在想起來，或許可以稱爲『初戀』吧！這些話是那時他所說的。」

「現在想起……」於是，夫人開始了她的敍述。

算起來已是二十多年前的事了。這位夫人叫S子，當S子還是十多歲的時候，有一位與她同年名叫K的異性密友，他們一向同道往返學校。K天生細瘦，身體並不很健康，而且從他喜歡靜思讀書的習慣看來，使人容易感覺到他是位神經質的男孩。然而S子予人的印象是與K完全不同典型的人，簡直像男孩子般活潑，富有朝氣。可是，不知爲什麼，他們倆就是合得來且喜歡在一起談談話。S子並不很漂亮，被晒黑的皮膚顯得健康、率直、明朗。她雖然喜歡運動，但討厭與別人有太多的交談，所以人人都說她是屬於內向型的女孩。而S子與其說不曉得自己是什麼個性，倒不如說她並不在乎自己被認爲是什麼樣子，因爲這些在她的生活中，她認爲並沒什麼妨礙的。

入冬以來，許久不見K的影子了，她想可能是他身體又不舒服吧！S子雖擔心，想去看他却又總覺得不好意思，因此也就作罷了。有一天傍晚，出乎意料地，K來拜訪，他看起來雖然有些憔悴，但精神顯得很愉快，聲音也很爽朗。S子與K一起走向黃昏寒冷的街上。

「你的病已經好了吧?!這麼冷的天出來可以適應嗎？」

「啊！差不多了。這麼冷的傍晚邀妳出來眞對不起！」

「爲什麼要說對不起！我很高興呢！」說完後，她的臉頰變得通紅。而他只看看她的臉微笑著。兩人靜靜地走入黃昏的人潮中——回家的人、購物的人。這時，街上的霓虹燈逐漸亮起來。穿過街道就接近公園了。K因爲有些累了，所以說：「休息一下吧！」S子於是坐在他旁邊，却有一股前所未有的奇妙感覺，她因沒什話好講就說：「我很喜歡這樣的夜晚哩。」「好一個浪漫主義者哪！」他開玩笑似地說。「哦！我是女孩子嘛，當然偶而也會羅曼蒂克…」她撅起嘴來，這樣回答着。K笑著說：「開玩笑的嘛！」然後兩人相視大笑。公園裏的人都以奇怪的眼光往他們瞧。S子覺得彷彿得到從未有過的禮物那樣，與奮歡喜得不得了。

「妳實在率直、爽朗啊！眞令人羡慕！我也是十幾歲的年輕人，照理說應該是什麼運動都玩，在艷陽下奔跑跳躍才對；然而因爲身體不適，每天回家後幾乎是靜靜地看書、休息，身體都變遲鈍了。不過我已想開了，既已到這種地步，也就沒辦法了。假如主宰萬物之神註定賜與我這種命運的話，神也只不過如此罷了。我所需要的並非書本或者理論，而是能在太陽下飛馳奔騰的健康身體啊！」K好像是一吐爲快似地這樣說著。S子聽了不知該說些什麼話來安慰他才好，只得輕聲地說道：「我相信你的身體會漸漸恢復健康的。」他以疑惑感激的眼光向S子回答說：

「是的，我希望我會恢復健康的，我還很年輕。」S子注視著K的眼睛，彷彿在他眼神中看到星辰般的亮光，或許是淚珠吧！K默默地站了起來信步走去，S子跟隨在其後，但內心却顯得異常地沈重。天上星星正大放光彩地閃爍不定，K沒說一句話逕往前走，因此，S子亦無表示地跟著他走。「啊！妳有沒有想到『愛』是怎麼一回事？」他突然這樣問，使得她一時間不知所措，於是支支唔唔地難以啓口。「談到愛、它的範圍相當廣泛，如男女之愛、博愛、友愛、骨肉之愛等都包括在內。過去我一直錯認我的生活圈裏只有我自己，到最近我才領悟到一個人若活在沒有愛的地方，那就等於不存在著的個體。我認爲『愛』是最美的，無法加以解析，所謂愛，好比是人的心，能領受『愛』的人，其本身亦擁有愛。一個人生存在地球上，從宇宙之大觀來看生命，顯得多麼渺小呢！儘管如此，還不如一粒米大而希望成爲理想人物的我——將愛奉獻給人類，甚至於萬物——男孩子想這些事很奇怪吧！但這是支撐我生存意念的唯一憑藉。」他看著星星堅定的說著。S子對其突然的發言感到愕然，但認爲也却眞如此呢！「爲什麼會想到這事呢？」「我躺在床上的時間多，所以一直想的是有關生存的問題，現在的我好比一棵大樹上一片即將凋落的枯葉。」「不！是嫩葉！」她不覺地大聲說出：「此後將會長大的新葉，何以年紀輕輕的你會認爲自己是枯葉呢？這種感傷的話我不喜歡！」S子生氣了。

「妳？妳生氣的表情顯得格外地漂亮哪！」「你說什麼？話題改變得眞快！」S子有點發愣，K的談話簡直像跑步似地。「眞的，我相當明白，你是心地善良的人，是那顆美麗的心使妳愈發地漂亮；保持女性外在美的良藥就是那顆善良的心。眞的，是眞的，所謂眞正的美人，是屬於內心善良的人。我喜歡那美麗、發亮的星星，星星是我的朋友，眞希望妳成爲星星那樣美麗的人。」S子靜靜地仰視天空，心裏反覆著「像星星那樣……」那句話。過了一會兒，K說：「送妳回去吧！」但被她拒絕了。「這裏剛好是你家和我家的中間，就在此分手吧！那麼請多保重，祝你早日康復。」「就那麼辦吧！今天實在對不起，也沒什麼事就找妳出來，謝謝。祝妳幸福！」「幸福？」S子反問他。「哦？錯了！再見！」他重新說道：「那麼再見！」他說。那時他要求握手，她雖然不好意思但還是伸出了手，握了K冷冰冰的手後，那感觸深深地留在她心裏，背著他朝自已的家走回去，約一百公尺左右，她回過頭來，看他正背著她而走，她不由地目送著他，直到看不見背影。而他一次也沒回過頭來，從那天起，就再也沒有見過他。分手後第三天却獲知他病逝的消息，空留下想在艷陽下奔躍着的她……

S子從那天起，將他賴以生存下去的基盤—愛，讓它在自己的心裏滋長。她曉得當時的那些話在現在並沒有什麼特別，但對她而言，此話却擁有最尊貴、最美麗的意思。

北風在不知不覺中變小了，天上仍閃爍著K所喜愛的星星……——兩位夫人一言不發地，以先前的步伐繼續走着……。

風向

張效鷗

張效鷗，四川樂山觀音橋人，一九五四年生，中國文化學院文藝組第五屆畢業。現從事電視節目製作，作品另有「謎題」、「雪色的調子」等多篇。

山

決定要去攀爬某一座山峯時，他正爲一件不良的交易行爲而和對方引起熱烈的爭執。地點是他所擇定的，在一條幽長且寧靜的巷子裏。——他是經常在那兒喝下午茶的，也曾經和幾個妙齡的女子相約在這兒見面。因此，對於他，這裏是相當熟悉的，就像了解自己規律的生活景況。

他依照雙方共同約定好的時刻，準時的前往指定的場合，對方尚未顯見踪影，於是，爲了達成某項協議，繼續的等待對方的出現是有其必要的。然而，在這一段和時光遊戲追逐的當中，他並不覺得枯寂難忍；懶散的音樂，和女侍拖曳的長裙，使他有足夠悠閒的心情，靜靜的等候對方的來臨。

時間在指隙間流逝；半個時辰之後，他覺得再一次催促對方遵循承諾是自己的一項責任時，他向櫃臺借用了電話機。

「道聲？」

「道聲。」

「請問陳經理在嗎？」

「他今天休假。」

「我和他約好時間見面的。」

「也許他正在途中。」

「嗒？」

「喂喂！」

他悶聲的把聽筒重重的掛回去，引得女侍不和悅的眼色相向。轉回座位上，他沉思是否要將這種期待讓它化爲泡影；——音樂的韻律，繽紛的燈光，阻塞了他的思維。女侍的眼神，尤其令他難堪；雖然一支雪白的石柱可用以做爲遮掩，但是沒有任何事物能脫逃於伊們的視野裏。一位侍者端正的捧著一盤冷飲，走向他的鄰座；那高高的冰花好似一份賞玩的小小沙丘，而那侍者是嚴肅的做著這工作。

這時，他想再一次確認時間是何時？才發現戴著的手錶已經停止了擺動，他向侍者問詢。侍者告訴他，此刻超出他所約定的時間四十三分鐘。他決定離去。這時有位女侍走過來告訴他，櫃檯有電話等他去接聽。

——「我是陳經理。」陳君爲他的就誤他們會面的時間深以爲歉，並要求他能夠寬宥，同時說明如果他願意在一刻鐘之後仍逗留在那兒，他們就能夠見面聚談。他答應了。

陳君的到來，使他有些不快；他並不是喜歡計較的，而且也答允過寬恕，但仍然微微埋怨一番。此後，談話的主題被牽引出時，彼此都相當能尊重商場的禮節。他要求女侍再送來兩份飲料，並且示意一起結帳，對方似乎被這一安排所感動。然而，他是在十分堅持的情況下，對方只好陪笑而有點不安的坐下。侍者送上東西，他們一面喝着飲料，同時不斷磋商談話的內容；包括價格、貨品、數量、交貨日期，而爲了利潤問題，雙方各執一詞都不退讓。他疑慮的愣望對方狡黠的眼神，他感到懊惱了；——在他這一方幾乎是以近於成本的價格欲要委屈求全的出售產品，對方所開出的價碼却低得令人搖頭，但他認爲這一筆交易仍需達成，如果不做這筆交易，他的損失將會更爲可觀的，因爲競爭的對手，不是此刻坐在他面前的人，而是藏身在暗中伺伏蠢動的同行。對方應允隔兩天回覆他的消息，而且說明一切的行爲絕對會讓他得到滿意的，不會因爲生意而影響到他們深厚的情誼；他顯出茫然的神情，淡淡的點了點頭。

陳君還急於趕赴一場宴會，先行離去；臨走時仍鄭重的重述先前的允諾。這似乎對他是有用的慰藉，——送走陳君，他頹然的跌坐在沙發椅上。一道嬝嬝輕煙自他的眼前昇騰而上，如是一張繫絆的網障。

爲了會談諸事，他頗費腦汁的百般思忖，現在他偏頭痛的病症又犯了，於是他試圖去除所有的思想，以避免或讓這般苦痛的嚴重性減輕到最低微的程度。因此，當有一名女侍靠近他的身旁時，他甚至於無法察覺出，卽連那女侍柔和而細膩的問詢聲音，「是否還要再叫些東西？」他亦不曾回覆一點輕微的聲息。女侍訝異的注視著他，並且將他認爲是一位失意的商人，正面臨著許多令人苦惱的事情，因此不去打擾他可能會是最佳的服務。女侍添滿杯子裏的水之後便悄然離開了。

此刻，音樂的旋律他是熟悉的；——學生時候，它是經常被他所哼唱的。那時，記得他還是感性的成份重於理智；A君稱道他這般性格，同時包容了他的任性。沉湎過往歡樂的歲月，雖然帶有傷感的意味，畢竟還是使人快樂的。燦爛奪目的霓虹燈光閃耀出絢麗的光芒，强烈的刺激着他的視覺；這情景是頗適宜善感的人回想往事的。這時屋子的門正被拉開，一羣年輕的男孩女孩，帶着朗朗的笑語走了進來；於是，他注意到室內的人顯然比起午后要增加了許多。「天晚了，是用晚餐的時間嗎？」他想。他望着來去穿梭的侍者忙碌而勤奮的工作着。

突然，一個念頭穿過腦海；若能此刻和A君一齊用膳，兼且聊談些往事，今晚他會得感受更爲充實。自從上一回，兩人偶然在南臺灣匆匆相聚以來，距今又已經渡了一季；那時，A君事業上相當得意，但是並不很愉快，A君的神色憔悴，還對他訴說一些情感的滄桑。依他的想念，這是A君所難以承擔的苦楚和煎熬；A君執意喜歡上一位風塵女子，然而伊避A君而去。A君唯一的解釋是；伊只爲保有那份純眞的感情而已。

他再度走向櫃臺借用電話機。

「A君?」

「我是A君的兄弟。」

「A君不在?」

「和幾個同事去爬山了。」

「幾時歸來?」

「今晚稍遲些時候應該可以到家。」

「哦!」

「需要留話嗎?」

「不必了。」

他重行走回他的位置，因著一份寄望的消失，他顯得有點沮喪，並且不再關懷周圍情況的變化。侍者走來問他是否需要進餐時，他慵懶地告以即將離去，同時向他索取帳單。夜晚播放的音樂似乎要襯和浪漫的情調和顧客的需求，因此，抒情的氣氛甚為濃烈，一支支優柔的曲調，使人追想到遙遠遙遠的國度裏。結過帳，他尾隨在那一羣年輕人的背後離開了這家餐室。

自從和陳君在商談的當中發生爭執，而有去攀登某座山峯的意念產生之後，他便一直在心底策劃；想要A君同行的希望，短期內將難以促其實現，這使他為了尋找一位同伴又必須花費一番心思。他須要時間來構想這一樁事情，因此，他並不須要和擁擠的人潮爭奪上車的機會，也不像騎樓下匆忙的行人疾速的前進。然而，因為他的疏忽倒發生一件小小的意外，讓摩托車給碰傷了；傷口滲出了血液，他按捺住，不讓更多的血往外溢出。這樣的夜晚令他有說不出的遺憾。

第二天，人們談論着一件山難的事情，在報紙的報導上他瞧見了A君的名字，排列在死亡的名單裏。他感到胸口彷彿被什麼鐵器給壓痛，而喉嚨也似乎噎住了魚刺般的難受。他像在噩夢裏被一陣驚雷所嚇醒，然後，什麼事情他都沒有辦法作好，腦筋離了譜，這一番衝擊令他要渡過每一分每一秒，全然是一件十分艱苦的事。

他想現在要緊的不是計劃怎樣去征服高山的事，而是趕緊到A君家裏去探知一些事實。

海

他依循別人所指示的方向，朝著海岸邊緣的一座防風林走出去。雜貨店裏的人們，好奇的在他的背後指指點點。這一班鄉間的婦人對於他到破落小鎮的來訪，充滿了關切的心情並且猜測事情的可能發生和動向。幾個頑皮的孩童甚且跟隨在他的左右，伴行了一段相當的路程。他向這羣稚兒表示友好，也獲得了他們的好感；他還沓問這些小孩他所希望拜訪的人近況如何。他們答覆了他的問詢，對於他們的回答，他感到甚爲滿意。

「她還在敎書嗎?」

「嗯，我們都好愛她哦!」

「一個人住嗎?」

「是的。」

「她好愛散步。」一個小女孩急忙說道。

他很感激的向小女孩致謝；並且爲了某種理由，他要求這些小孩不要再跟隨他走遠，以免他們的父母牽掛。他們羞怯的停止了前進的脚步。

通往海邊的產業道路，兩旁挖鑿了許多池塘培育魚苗；鹹性的海埔地避免荒廢，這是漁家增值經濟的有效手段。愈靠近海邊海風愈鹹而膩，空氣中不時飄逸陣陣的魚腥味；養殖蚵蠔也是漁家增加收入的一種方法。走近防風林時，他按照別人的指引，向北數了三棵林投樹，尋到一條小路走下沙丘，便發現一幢小木屋隱匿在幾株大木麻黄樹的背面。他奔跑了一段，聽到幾聲班鳩呼嚕嚕的鳴叫方才止住，他沉默的凝視小木屋的外觀。鄰近小木屋的外邊還有幾棵寥落而又生得極好的仙人掌。他以探索的心情逐漸走近它，完全不想因無意而驚恐它。

雖然小木屋四周的柴扉緊閉，但是他並沒放棄與她相見的希望。

他在四周溜轉就擱了一些時候，便被海邊浪濤的衝擊聲所吸引；爲了避免讓他所等候的人不知曉他的來臨，而發生其他意料之外的事，他在柴門上留下了一張紙條，並說明在某個時間之後，他仍會再度回到她的住所。

海邊午后的陽光引起人們聯想到赤道地區的氣候；熟熱的沙灘，和藍天上幾隻零落的海鳥在遨遊。只是這一帶海濱棕櫚樹頗爲缺乏。沙灘上躺着幾條竹筏，旁邊有一張漁網被兩支竹竿張掛起來；有一個老年漁人赤裸上身，正殷勤的做着修補漁網的工作。

他走近時曾引起漁人短暫的不安和驚恐；漁人徬徨的注意起他的行爲來，同時停止了正在進行的工作。爲此而打擾那老漁人工作一事，他心底覺得愧疚；因而，他向對方說明他來到此地的目的，並且得到了對方的諒解。

「我不曾看見過你所說的那女孩子。」

「她是住在後方的小木屋的主人。」

「我是主人；但是我確知我沒有認識過如你所說的女孩。」

「那裏是否住着一個女孩?」

「是的。」

「一個喜歡散步的女孩?」

「聽說是的；可是，眞的我沒有見過。」
「她是和你住在一起嗎？」
「我在村子裏留有一棟平房。」
「這麼說你是不認得她了？」
「是的。她是你的妻？」
「哦！不。」
「你是對的。喂！我懷疑自己是否眞的沒有見過如你所說的那女孩子的面。」
他尷尬的走開，老漁人莫名其妙又思理不出所以然來，木楞的瞧著他不斷拉遠的背影。接著似有所領悟的嘆出氣，粗糙的雙手接著剛才中止的工作。
海風吹捲起的細沙使他難堪，他用手試圖拍落這些累贅；對於剛才自己一番慌亂失措的舉止，他心裏感到難以理解，爲什麼常有無所適從的困窘，因此，逃避的意義如作某個層次的解說，對他是非常適當的。
聽說她經常是獨自一個人散步的，他從不知道她有這種喜好，是否來到此地之後才培養出的良好習慣呢？不管如何，有這樣的癖好總是値得嘉許的。待會兒若和她相見，他想應該用一些美妙的言詞來稱讚她。這條海岸線十分細長，他走了一段不短的時間，未能在沙灘附近發現她，他揣測此刻她必然留守在小屋裏，同時已經知悉他的來臨。她會怎樣的來迎迓一位不速之客的出現呢？能否還像以前一樣的相互廝守嗎？過去美好的回憶，使他渴望急於見著她的人。

瀕臨黃昏的時候，他出現在小木屋的門前；他顯得有點情怯。一陣細碎的鈴聲引他去尋索聲音的來源，費了一些功夫他才發現在門廊的橫木上垂掛著一隻風鈴。想來她必已經自外頭回來了，就記憶所及剛才並無這風鈴的印象。他上前敲門，並預感到一份意外的驚喜會讓他們彼此塡滿這段遙長歲月的空虛和寂寞；——門尚未被推開他便聽到屋內有人應着，是一個女子細柔而悅耳的聲音。他忽然覺得不安；這聲音對他來說是十分的陌生。

此刻那女孩站立在門前，暗澹的光影使他無從辨認，他們是否曾經相處過，直到他能夠確認眼前的女孩是未曾謀面過時，她便開始探問他到此的動機和目的。

「有事嗎？」

「我找B。」

「B？我不認識誰是B，也沒聽說過。」

「她是一位老師；——很好的女老師。」

「哦！我聽說有人來找我，是你？」

「是的，我來找人，但不是妳。」

「很抱歉，我沒辦法幫忙。」

「太打擾了。」

「沒關係，我正在準備晚餐。」
「我能收回門上的字條嗎？」
「字條？很抱歉，我以爲是繳水費的收據，已經丟入火爐了。」
「哦！」
「如果你還需要趕路，請進來休息。或者你願意的話，也可以和我一起用餐；——今天下午我剛到鎭上去辦了一些貨。」
「謝謝。可是我是來找B的。」
「有很重要的事？」
「是的。我要告訴她關於A君死難的消息；已經一個週日了。」
「A君？誰是A君？」
「我們的一個朋友；——我要告訴她，我們不能再繼續錯下去了。」
「我不懂。」
「A君的死難妳不難過？」
「爲一陌生人的死難過？」
「我要走了。」
「你不須要吃點東西？」

「我是來找B的。」

「什麼?」

「我是來找B的。」

他飛快的奔跑著，離開了小木屋，離開了木麻黃樹，離開了沙灘、防風林、堤防、林投樹，以及屬於海岸的一切。他必須找到B，告訴她關於A君死難的事和中止錯誤的延長。「必須要找到B。」他堅決的眼神望向漆黑的道路的遠處，瘋狂般的繼續奔走。

西門町

以往他對於這一帶的建築是相當熟悉的；由於工作環境的關係，他幾乎要將他的生命投入某個場合。霓虹燈日夜不斷的閃爍，嘩笑的人潮不曾低落過，行人的脚步川流不息，呼嘯的車輛總要分秒不停的飛馳。他是如何深愛著這般繁華的市景。他是一個平凡的人，和廣大的羣衆一樣，逛百貨公司，進超級市場，看看形形色色的橱窗，空閒時坐咖啡室，或進到豪華的劇場欣賞節目。他的生活和一般人的生活類似，渡過白日的時間晚上則休息，清晨開始又是昨日生活的翻版；但是，他沒有仔細思考分析過這中間究竟有何差異，然而，他仍是生活得十分美好。

這裏總會藏有點什麼沒有讓人發掘過的，他確信。

今晚從入夜以來，他已經在這個地區盤桓了數個小時，似乎也未能發現有什麼異於尋常的事物，沒有半點蛛絲馬跡提供他來找尋，而一切對他而言是太熟悉了，甚至於他一樣是被事物的外象所欺矇、迷惑。他開始動搖原先的意志，和自己妥協更是容易的事情；於是他將絢爛的市街夜景的情況，以及歡樂人羣的喜悅，歸結爲今晚他獨占有的。這是一件愚昧的事，近於癡狂，以此他實難以勸說自己；因而自責的情緒在他體內滋生時，他的臉上就顯出痛苦的樣子。

什麼是他所冀望尋得的，他也難說。不過，他確信總能找到些什麼。

一處十字路口，他無意竟在那兒站立許久，望着交錯的行人和車輛；——急速流動的線條和尖囂的聲浪，讓他暈眩並且痲木。路過他身邊的行人，關切的注意他異般的樣態，同時準備在適當的時刻予以援助，當他們肯定他只是稍微被熱鬧的氣氛給困惑時，便議論起他的可笑來。維護交通疏導的警察先生，曾經垂問他是否需要幫忙，他搖搖頭，並且表白自己的身份，說明他只是因爲選擇方向而讓自己有了一點小小的困難。離開十字街口，他仍幾度回過頭，瞧望剛才自己所站定的位置，心中湧起一陣淒楚的感受。

這個時刻必是上市的黃金時間，百貨公司購物的人羣熙熙攘攘，他想選擇一條較爲僻靜的巷子行走，最後，因爲兩隻脚的疲累和身體勞頓引起的不適，他決定覓尋一家清幽的冷飮室歇息。

他在一家冷飮室要了一杯冰涼的檸檬汁，可是室內的音樂却令他煩悶，他要求侍者更換一張唱片，在無法獲得改善的情形下，他留下那杯檸檬汁的代價，不愉快的離開了。突然，他對於自己今天晚上的行動更覺懷疑；——這是爲什麼？在這般唐突的夜晚，定要迫使自己成爲荒謬的主角嗎？

今晚若是A君和B都能在一塊，就不會如此的不顯出生氣來。他對過去的眷戀之情更爲加深，而一份失落感也就盤襲在整個心頭。

他想到要去拜訪他們從前經常去的一家沙龍；途中有小販上來兜售東西，他拒絕了。接着有人前來向他問路，阻擋了他前進的去向；——問路的人，解釋他在此地的計劃，並因爲迷路的關係，將可能延誤會見一位朋友的時間。對方將想要前往的地點告訴了他；然而這問路的人對於這城市似乎仍存有幾分戒懼和苦惱。

「加里地？我不能肯定它是否存在這個地域。」

「是的。我的朋友約在這個地點和我約會；——並且，這位朋友他就是在此地出生的，青春也是耗盡在此地。」

「果眞如此？」

「我坦白的說，是的。」

「那麼沿著這一條街道步行下去轉個彎道朝南方走。你便可以很容易的發現都市熱鬧的中心；——那裏有各色各樣的人，或許你所尋找的地方就在那兒。」

「先生，你也是迷路的人嗎？」

「我，哦！不。只是今晚我十分的倦累。」

「可是，現在你不用急著找尋嗎？」

「先生，我，我仍是迷失的啊！」

「嗄！什麼？」

「早先時候我便從那裏走過來的；——在那兒我遊蕩了許多時光。我斷不能再走回去見着繁囂的景象。我知道在那兒絕無和我的朋友見面的機會。」

「我很抱歉，沒能幫上你的忙。」

對方坐在街道的邊緣，低聲哭泣起來。因爲知道自己對他是不中用的，他悔罪般的心情離開。市人漸漸圍攏過來了，並且設法解決這人的困難；有人在背後吃吃的冷笑。

沙龍早已歇業了，他由別人口中得知這個消息，驚愕致使他在房門徘徊起來。一對年輕伴侶經由他的身邊擦過，愛戀的細語像一陣椎心刺骨的寒風使他產生不舒適的感覺；他們走出了巷子攔了一部計程車。

他失意的遠離早先還讓他十分懷念的地方；而更迭的事實，他不得不承認這種存在有時是很令人悵惘的。

街市熱鬧歡樂的氣氛漸次消失，近於中夜時，街道顯得清闃冷落；他從一家劇場的門口經過，剛巧是散場的時候，於是他恍惚的欣賞著宣傳的海報，並指認他所熟知的明星來，炒栗子小販的吆喝聲懶洋洋的在空氣中抖散，一面設法收拾東西準備結束今晚的叫賣。他順著一條設計規劃得很好的道路一直走下去。

他想他是失敗的；沒有目標的找尋，就像一個十分可笑的修行者打算在聲色中尋獲眞理。今晚是多麼的傷感。只是單純的憑著飄渺的靈感，他走進這個地方，然後，被圍困的結果，造成這一天將要結束的時刻，他心靈遭受創傷，隱隱作痛。若果A君和B在場，他會成爲被他們取笑的對象；如今這也是奢侈的想法了。「因此我們總設法讓自己領受多一點的眞理，從罪惡裏面。」A君生前誠懇的這般表述過自己生活的態度。他沉思此刻若是離城對他是否會是較好的結局。爲明天他所可能到達的地點，他再三考慮。

四周沉靜了下來，他像置身在一處荒凉彷彿遠在野地的感受，而傳奇故事眨眼的功夫就侵入它的腦海裏。騎樓下的某處角落，有位老婦人在張羅她的生意，他走近時便聞出一股芬芳的香味，腸胃也受到了刺激。他從老婦人的手裏接過一碗豆花。

「這麼夜深，妳也該休息了。」

「不，我在尋找。」

「人嗎？」

「哦！不是的。」

「生意嗎？」

「這太可笑了。」

「那麼什麼是妳所要尋找的呢？」

「一份自我的寧靜。」

「妳找到了？」

她搖搖頭，一語不發的肩挑起擔子，和他反方向靜默的前行。這時一陣薄霧籠罩在道路的盡頭，很快的霧氣加濃了；並且，將老婦人佝僂的身影遮掩住了。

老婦人走後，他突然顯出非常愉快的神情，輕鬆的向著家的路上行進。要在這城裏尋覓寧靜是極爲艱難，更別說自我的顯現。不過今晚他還是快樂的，冥冥中好似他接受了某種啓示；因此，在純然理智十分清醒的景況下，他決定了明日離城的準備。

「A君，B，明天我將遠離這城市。」他仰向靜謐的夜空宣示，然後狂亂的呼叫，接著，他掩面發出異於尋常的笑聲，疾速朝前奔跑。

聖地

鐵門緊緊的閉鎖，好似要剋除諸多人性的意志和慾念。他在修道院的門外徘徊，從鐵門的間隙，他看見兩個修女比肩行走；他們微微低垂著頭，心無旁騖，自然沒注意到站立在門外的人。晨風將他們潔白的髮巾撩起，她們的臉孔充滿和諧安靜的光澤。他猶豫的心裏唯恐唐突的拜訪破壞此地的規律生活；——無論如何冒然的行爲，都會是難以寬恕的罪愆。這不是他此行的目的。

修道院周圍牆立著的高垣，使人有一種不可侵犯的壓迫感；這座牆垣是用方正的石塊所排叠起來的。牆上長著許多青苔，爬滿了九重葛，因此更顯得此地的古雅和莊嚴。

終於他鼓起勇氣按下門鈴，有一位年輕的修女來應門；她的臉龐姣好，看上去應是廿歲左右的年紀。她和善的笑容流露對人生眞誠的信仰，對方探問他的來意，以及所希望會見的人；他委婉的告訴修女，並要求她能代爲傳達消息。

「我要見B的面。」

「B？哦！是瑪利亞。」

「瑪利亞？」

「她的聖名。」

「對不起，我忘了她現在的身份。」

她引領他走進裏面，他的脚步是遲疑而緩慢的。敎堂是一棟巍峨的建築，充滿神聖的美感，和聖潔的宗敎氣氛相得益彰，頗能淨化人類的心靈，在敎堂左側背面的陰影裏，有一塊整理得極爲完善和美觀的園圃；淸風裏仍留有撲鼻的芳香。噴水池是在會客室的前面；——水池中有聖母的雕塑，煥發出高貴莊重的氣質。他是在她的帶領下，走過一條寬長的廊道才抵達會客室；它的位置緊鄰着敎堂的背後。他深沉的等得B的來到。

得知她身處這所修道院，還是在偶然的場合聽到別人提起的。知道這個消息，他爲了證實曾給她寫了幾封信，並且傾訴由於她的這番選擇，所帶給他生活上的困擾。過了幾天他接到她的來信，同時她希望能够承擔他的一切焦慮，「這裏令我體會了生命。」她的信上這樣說；——他可以想像得出她將會是怎麼一副模樣，在天主的面前。「我但願能够見妳；如果妳要拒絕，我不會責怪的。」後來，在信裏他向她要求，也得到她的同意。但是他實在不敢肯定見面對他們彼此都會是有益的。

修道院裏響起清脆的鐘聲，這是代表作息的信號；他還是警覺的端正自己的儀態，深怕一時行爲的疏忽，褻瀆、侮辱了這尊嚴的地方。若是再有人瞧見他的失禮，他便要覺得對她不起了。其實這是他過份的敏感；在這樣陌生的環境，他的心境始終無法鬆懈。微妙的情緒盪漾開來，在期盼B到來的時間裏，就顯得不是滋味。他望著蒼白的牆壁，和所有飾物的擺設。

在以前他是從沒有過像現在這段時間對宗教產生如此的好感；不安也由此而生，因爲敎義驅使他和B在情感上作某種程度的犧牲。他想：「這命運是操持在誰的手中呢？」

帶他進入修道院的修女出現在門口時，他正陷於人與神關係的困惑問題裏。她告訴他瑪利亞在做晨禱，請他稍候；他很感激她的一番協助也表示了他的充分謝意。他和她說及他來到此地的經過，因爲省城公路的修補工作正在進行，所以他是在半途下車的，經由許多人熱心的幫忙，他才能走近這家修道院；他約略的談到和B的關係，還有A君是被他們所思念的。對方很被他忠誠的情誼所感動，她靜靜的傾聽他的言談，僅在適當的時機提出她的意見。

他想：見著B時不應該再提起A君了。

「離城到現在經過三年，你都是住在山區裏嗎？」

「是的，一個小鎭。說起來可憐，還很荒涼。」

「你失望嗎？」

「不。」

「我不懂。」

「那裏生長一種奇異的花朵，是寒帶的植物，只有霧季才開得好、開得豐滿，在山崖上。聽說可以賣到很好的價錢。」

「你留戀就是爲這個理由。」

「是的。可是我從來沒見過，直到我下了山來。」

「你後悔嗎？」

「不。」

那個修女的離開，使這間寧謐的屋子散發令他難以咀嚼的孤獨；——像十字架上被人釘住的異邦男子。

上山的那段期間，他幫忙一戶人家開墾山坡地建立菓園以換取日常生活的代價。他工作得很勤奮，極討主人的歡心並得到讚譽，因此他必須負責大半重要而吃力的工作。但是，他有足够的能力妥善處理有關菓園的事務。這一段時光他生活得極爲充實，就如同他還是學生時，和A君及B相處得很和諧一般。不自覺的他讓自己回憶起過去的景象，這對他是不好的。大致說來，山上的生活還是讓他滿意的；雖然他也嘗受到折磨和挫折，他到底沒被打敗。那時他對B摯誠的思念，使他設法要知悉她的消息。

結束放逐的生活，他回到下地的第一件事便是上A君的墳去；墳地是在省城近郊的一處公墓，比鄰這座城市的一條主要的河道。

獻上一束凋萎的素蘭，他沈默的站立在石碑前，却想不出應該跟A君說些什麼，——說他很平安嗎？還是談他們對B的情感呢？爲了避免過渡吵鬧沉睡的A君，他焚化一疊冥紙之後，便安靜的坐在一塊突兀的堅石上，直到夕陽落在河口，晚風吹拂得讓他感到濃重的寒意，方才走下回到城市的小路。

然而，此刻他怎會想起和B曾經漫步過的　條山谷來呢？那裏，在秋季醞釀著一股濃馥的相思氣息，河谷的兩旁栽植茂盛而巨碩的楓樹。他有次要求B收藏一片楓葉，她婉拒了，並且取笑他這番無意義的熱情；那時在秋盡，他即將離開北城作一次旅遊。後來從報章上他知道人們在那條溪谷上游攔起了一道水壩，而他再也沒有到那個地方去過。

冗長的等候B的出現，使他不安。他在屋裏來回的踱起步來；——直覺上他以爲這已經是經歷過長久的時間了。那個年輕的修女再度折轉回來，瞧見沒有他所期望見面的人在場，便又熱心的要再去傳話，嘴裏嬌嗔的責怪起B來，他感謝她的盛意，而且阻止再去打擾她。

「晨禱結束了？」

「是的。」

「還有其他須要進行的儀式？」

「不。我去找瑪利亞來。」

「等等，告訴我她在這邊好嗎？」

「很好的。」

「哦！沒有痛苦？」

「你想知道什麼？」

「她，哦……沒有。我打算走了。」

「我叫瑪利亞快些出來。」

「好的。」

十幾分鐘之後，他茫然的在一間簡陋的候車室等著開往省城的車子。他想再不可能和B見面的，爲什麼當初他要勉强她接受他的請求呢？遺憾的是他沒有機會見到B穿著白淨淨的袍子的模樣，可是他知道她會是很好看的；——他幻想得出神。車子很快的來到，他惆悵的踏了上去。

沿途他一直癡癡的想，B穿上白袍會是怎麼一副模樣。

最後旨意

林文欽

林文欽，台灣雲林人，一九五四年生，中國文化學院文藝組第五屆畢業。現任職三民書局編輯部，作品有「同鄉」、「週末夜的變奏」等。

黃昏的時候，到各地河流去捕撈蛤蜊的村人差不多都陸續回家了，這個綿延悠長的行列在夕照下恰巧形成一組非常優美的構圖。

成仔這時閒靜地坐在廳堂的一角，一種冗長的午寐後無所事事的感覺重重密密地侵襲着他，他無精打采地平視着中聯上觀音的畫像，夕陽的餘暉從窗格上穿過來正好照在觀音的臉上，使觀音的和藹的雙眼益加發出慈善的光芒。觀音畫像下方的神案上，除了中央擺着的香爐和左角的祖宗牌位外，原來供奉着三王爺神像的位置現在看起來是那麼空洞冷清。左上角陰森的後窗上掛的是父親瘦削的遺像，那個一生從不迷信神明的殷實百姓，終於因病而在他剛滿五十歲的年紀時便撒手西歸了。眞快呀，成仔心裏想着，半年的時間就這麼無聲無息地過去了。

當成仔的腦筋逐漸淸醒，身體也重新有了足够的活力時，他從廳堂裏搬一張椅子轉到走廊上坐着；孩子們正屋前屋後追逐着，不知道在玩些什麼遊戲。

日照已經完全隱沒到西邊農場的樹林裏，天色也慢慢地暗下來了。成仔開始分擔了一部份的心思在等待春枝結束一天的工作歸來。雖然捕撈蛤蜊能賣得很好的價錢，但是成仔却從來沒有實地參與過這樣的工作；自從父親病死後，他便不像往常那樣勤奮地工作了，他每天祇是到那僅有的三分稻田裏巡看一番，而揷秧、施肥、收割的農事還是全靠春枝發落的。他彷彿記得，有一天夜裏他得到三王爺的旨意指示，父親的逝世實在是因爲過於罔顧神靈的緣故，現在祇要他專心地做祂的童乩，替祂爲人消災除難，祂便會保佑他闔家平安而且生活富裕。祇要他專心做祂的童乩，祂就會保佑他家，他彷彿這樣記得。

倒是春枝聽說城市商人來村裏大量收購蛤蜊以後，眼見幾乎每戶人家都出動去捕撈蛤蜊，於是每天淸晨就帶着撈捕工具跟在人羣尾巴出發，對於貧苦的農戶而言，每臺斤蛤蜊換得十元左右的現金的確是最直接的收入哪。

起初，春枝都是騎着家裏的破脚踏車和幾個婦人結伴出門，但是捕撈蛤蜊要搶着先機到各地的河流水圳去，騎脚踏車一天能到的地方不多，當然捕撈到的數量就相當有限了。所以後來春枝就乘便讓莊頭的阿發仔用摩托車載着出去，這樣子，春枝每天的收穫確是比以前多了。

可是春枝今天怎麼這麼晚還沒回來呢？成仔心裏不禁有了一絲憂慮，她一向是趕在日落以前回到家裏的，難道發生了什麼事故嗎？

不，不，不可能。成仔很快又想着。有三王爺保佑着，家裏的人不會有任何災難的；遠一點說，自父親死亡的七七日後，從鄰鄉迫壇請回三王爺神祇在家裏供奉，成仔甚且也成了三王爺首肯的童乩，家裏向來不都是平平安安，生活也蠻過得去嗎？唉，唉，春枝會回來的，無論如何，三王爺會保佑她平安無事回來的。

終於，隨着成仔終久的盼望，他聽到一陣摩托車聲了，那聲音那麼親切又熟悉，成仔的神經馬上振奮了起來。山葉牌的大型機車由遠而近直駛到家門口才猛猛煞住，成仔看到春枝的乳房緊緊衝向阿發仔的背肩後，她熟稔地從後座跨下來。阿發仔連引擎都沒熄，看了春枝一眼就又開走了。阿發仔也眞是一番好心呀，每天都載着春枝出去，傍晚時又載她回來，在現在這個社會，這麼好心腸的青年到那裏才能找得着呵？

然則，今天春枝怎麼祇帶回來一個空的蔴布袋？她的手裏反而拿了一個印着漂亮花彩和街上商店名稱的紙提袋子。

「今天沒撈到蛤蜊呀？」成仔疑惑地問。

「唉！你呀，除了三王爺外，你還知影什麼？每天撈蛤蜊的人那麼多，有的溝子蛤蜊早就被撈光了，你半天也不能再撈一粒上來。」

「那，那個紙袋裏是什麼東西？」

「是孩子的衣服，還有我的，經過街仔時買的，自己買較穩當，望你買，我看得後世人。」

春枝很迅速地把原來穿着的服裝換下後便到厨房去，成仔也跟了進來，緘靜地坐在灶炕前，春枝以著家庭主婦的氣勢翻着鍋蓋。

「還沒煮飯啊？」春枝的口氣咄咄逼人。

「我等妳返來煮。」

「等我返來煮？我如果不回來，你就不要吃飯啦？」

「話不可這麼講，我是男人，煮飯是妳們的事情。」

「好啦，就算煮飯是女人的事，但是人家說，男主外，女主內，現在，你看你做了些什麼？那三分田是我顧前顧後耕作起來的，田裏沒工作時，看人家摸蛤蜊很好賺，我又跟着人家去撈，若不是我這樣瞑死瞑爛，咱一家伙仔要吃啥？」

「唉，妳又不是不知影我是三王爺的童乩，等三王爺較興時，紅包禮就多了。」

「哼，整天肖想做童乩賺紅包，神若是不興，你得餓死，還連累一家人。」

「神總是有靈的，祇怕是無神。」

春枝知命地不想再回辯什麼，她立卽起火作飯。但是成仔頗是清楚地看到，春枝的臉色是有些埋怨而又無可奈何的。他想着，實在不該呀，像這樣子等着吃飯，眞是，唉。

成仔仔細看着春枝匆忙但乾淨俐落的動作，春枝並沒有因爲每天出去捕撈蛤蜊而絲毫減去她的女性的姿色，最近她反而變得豐腴美麗呢，彷若全身都煥發着一種少婦特有的魅力，就像水果攤上一個熟透的蘋果那般散發出誘人的滋味。她的頭髮那麼柔軟而有光澤，大約是經常泡在水裏的關係吧；她的整個身段顯得那麼勻稱和諧，還有，當她轉身時，從她新穿上的白底花格洋裝隱約可看到裹在裏面的奶罩的形狀，那個惑人心魄的大U字型的樣式，成仔很快聯想到——啊，啊，是好久好久沒那個了呀。起先是父親的過世，接着是做了三王爺的童乩，那個事都該是禁忌的吧。這其間雖然有時也有過慾念，但他總是即時克制住了。可是仍然有個夜晚，他躺在床上，由於一天裏沒有花費多少勞力，不感到疲累，自然也毫無睡意，一會兒春枝進來了，他看到她背對着他在鏡前卸裝，先是上衣，眼見到那麼白皙的妻子的頸背，呵，眞是迷人呀，他霍地坐直了身體，嘴裏不禁呼叫了一聲：

「春枝！」

春枝冷冷地轉過來：「叫，叫啥？不曾叫過是嗎？」

「春枝，好久，好久沒——」

「哼，你現在是童乩了，童乩是神的化身，神會那個嗎？」

經春枝這麼一說，成仔剛剛如烈火般昇起的慾念一下子就降落消失了，唉，是呀，成仔想着，做爲一個童乩，許多事是必要禁制的，那個事更不用說了。外莊那些老童乩在聊天時不也偷偷地表示：女人陰氣太重，宜防，宜防啊。

往後的每個夜晚，成仔幾乎都是在相同的禁制下，表面平常內心却在痛苦掙扎的狀態中睡去。偶然成仔也會想到：爲什麼我不能做那事呢？爲什麼童乩就不能做那事呢？但是對於這個問題的思索，成仔總是沒有獲得結論，他想：或許這就是童乩和一般人不同的地方吧。而逐漸就很少去想它了。

可是今夜，面對可以感到一天比一天豐媚可愛的春枝，那個沒有肯定答案的問題又盤據着他的腦海，他想着：春枝是個女人，我也是個男人呀，結婚的男女爲什麼不可以做那事？縱然我是個神的童乩，然而在床上我完全是個人，是個有生命有慾望的男人呀，在床上我不是神呀！就說是神吧，難道神在成爲神之前，祂不是人嗎？難道祂都沒有過慾望嗎？難道難道……

「吃飯啦，還戇神戇神在想啥？」

恍惚間聽到春枝打醒他的聲音，成仔着着實實是嚇了一跳，想起剛才想到的事，成仔的面容便含帶幾分尷尬地移身到飯桌旁邊。這時，三個孩子都從外面玩累回來了，先是在飯桌前嘰嘰喳喳了一回，然後圍攏着飯桌默不吭聲地扒着飯。

成仔一口一口努力地吃着，祇聽到筷子碰擊碗盤的聲音，感覺氣氛很是沉悶，便開口說：

「今晚欉仔家要問神，三王爺中午就被他們請去了。」

「他家什麼大事情？」春枝懶懶地答腔。

「欉仔的小女兒嫁出去沒多久就偷跑回家了，他夫家每次來把她帶回去，可是第二天她又逃回來了，聽說現在病得神經不太正常呢！」

「這種事情也要問神啊？神解決得了嗎？」

「那一次三王爺起駕不是把事情辦得很圓滿的？」

「但是這純是人的問題呀！聽說欉仔貪得人家富有才把女兒嫁過去的，他女兒根本不喜歡那男的。」

「不喜歡是一回事，但是既然結婚了，那有說三天兩天就跑回家裏的，我看，這其中一定有問題，如不是冲犯到什麼就是驚着。」

「我看是被那男的驚着卡有影，鬼驚人不死，人驚人會死。」

「唉，世間的事情很難說。」

成仔的大兒子啓明這時突然插嘴問：

「阿爸，我快要畢業了，你要給我讀國中嗎？我們老師都叫我們要繼續讀下去。」

成仔立刻擺出一付做父親的尊嚴厲聲地說：

「國小畢業識一些字就可以了，唸那麼多書幹什麼？人若會賺錢，擔牛屎也會賺錢，人若不會賺錢，讀一牛車書也不會賺錢。」

接着又是一篇大道理。啓明爲了這個請願沒有得到父親的答允，顯得很不高興地有時盯着他的父親，不久，他又說：

「阿爸，你爲什麼要做童乩？老師說那是騙人的。」

「幹你娘，黑白講，什麼騙人的？」成仔的眼睛睜得鼓鼓的，「這是神的旨意，並不是我想做童乩就可以做童乩。」

「是神的意思，神能做啥？」

「神會保佑人。」成仔這個答得甚是明快。

「那，阿公破病時，神怎麼不保佑阿公不死呢？」

「這個——」

成仔不經意被孩子這麼一問，頓時也不曉得拿什麼話來回答才好。等到實在想不出怎麼回答較爲妥當時，祇好隨便搪塞了一句：

「幹幹你娘，你囝仔人知影啥？快吃飯。」

隨着這不可理解地一聲令下，幾個孩子重又不愉悅地吃着飯。啓明的小巧的眼睛不時瞟向他的母親，期望她能幫助他，就是給他一個安慰的眼色也好，但是春枝口裏嚼着飯，兩眼却定視着桌上的菜，像是在思量着一樁不知如何安排的事情。

成仔吃飽飯，看一看手錶，將近八點了，欉仔家大概正等着他，他得趕緊去，誤了時間，三王爺也會發脾氣的。成仔輕巧巧地離開厨房，到臥室披了一件衣服就步出家門。

稀微的路燈下，三四個婦女蹲在地上正興緻地談論着，她們原來都是和春枝結伴出門去捕撈蛤蜊的，但是自從春枝脫離了她們的脚踏車陣以後，關於春枝的行徑便是她們談不完的話題了。

「喂！喂！不要講了，成仔來了。」一個婦女突然低聲警告著。

其餘的婦女立即打住了喉頭的話，悶聲地看着成仔遠遠走過來。但是成仔剛剛從她們尖細的聲音裏，好幾次聽到她們說着：「童乩成仔」、「春枝仔」、「阿發仔」，於是走近時便感興趣地問：

「妳們議論到我呀？」

「是呀，我們在說你今晚要到欉仔家辦事。」其中一個陪着笑回答。

「奇怪，妳們都知影？」

「聽說的啦，女人舌頭較長，耳孕也較利。」

「是呀，村子小，有事情一下都傳遍了。」另一個婦女說。

成仔懶得探個究竟逕往前走，當他離開那羣婦女有一段距離的時候，可以預感她們的談話瞬間又開始了。這次，她們顯然提防着他而把嗓門壓得低低的。成仔祇留下一個輕微的喟嘆：唉，這些婦人，眞是。然後便把那事忘了。

而路途中暗黑的段落，成仔週遭冷不防地又竄出一個一個的黑影，他好不容易才弄清楚原來是村裏一些十五六歲的少年，他們或前或後地叫着：

「童乩成仔。」

「童乩成仔。」

成仔停下脚步，迷惑地問：

「你們這些囝仔，什麼事？這樣一直叫？」

但是沒有人答話，成仔走開時，他們索性跟在成仔的背後，就像更小的孩子們跟在偶爾來村裏乞討的乞丐後面一樣，口裏仍不斷地喚着：

「童乩成仔。」

「童乩成仔。」

成仔惱火了，轉身罵着：「你娘卡好咧，你們這些囝仔到底怎麼啦？陰魂不散。」

那羣少年依然無動於衷，繼續好奇地緊跟在成仔屁股後叫鬧，成仔被纏得怒火中燒，又想不出對付的方法，祇得出其不意地作勢要追打他們。但當他一轉身，那羣少年早已飛影般轟散了。

「沒教養的死囝仔，對一個神的童乩無禮無貌，一定沒好報，一定不會有好報應。」成仔心中還在憤恨地詛咒的當兒，不覺已到了欉仔家，他一進門就看到三王爺的神像被奉祠在神桌上高高的位置，七星劍憑靠在三王爺神祇的木框上，宛若是一位貼身侍衞威嚴地護着祂，整個桌案上的景象，成仔遠遠望過去，縱是在不够明亮的燈光裏，也能感覺到那是一個多麼崇高莊重的境地，而方才路上的不悅也即是可以不記恨的啦。

欉仔的大兒子坐在八仙桌旁，手中拿着一柱香聚精會神地左右搖擺着，一絲絲細密的煙波裊繞在大廳鬱悶的空間。

成仔點燃了三柱香向三王爺默拜，表明他已經到達，他並且暗暗禱唸：

「今晚的事難辦呢，三王爺，你一定要顯靈啊。」

欉仔從房間裏出來，忙着招呼成仔，因爲久候的人終於到來，他臉上有了幾分難見的喜悅。

「成仔，你大約很忙，我們偏還麻煩你。」

「歹勢，歹勢，來晚了。家裏有一點事。」

「今晚就拜托你了。」

「唉，同莊人，講啥客氣話。」

成仔轉向欉仔的大兒子：「觀多久了！」

「很久了，大概你沒來神也不會來。」

「照這樣，三王爺很快就會起駕了。」

欉仔的女人端出來一臉盆水，盆中漂浮着一條毛巾。

「成仔，擦擦臉吧。」

成仔蹲在盆旁隨便揉起毛巾擦了擦臉，然後坐到一張靠壁的籐椅上，他把頭仰靠在椅背的頂頭閉目等待着。但是這時他聽到從底房傳來女人的哭喊的聲音，似乎已經哭了很久，尾聲都是沙啞的。

「誰在哭？」

「我女兒阿屏，就是她這樣才把我們弄得凄慘落魄。」欉仔嘆着氣說。

「喔，喔。」

逐漸，在成仔還能感悟三王爺的神靈即將潛附到他身上之後，他的腦中就像被一種混沌的物體侵逼過來，連連打着哈欠，霍然，成仔噗一聲跳起，他趁勢脫掉上衣露出瘦板而滿是劍痕的背脊，他的身體隨着一種特殊的韻律抖動起來，他的頭殼使勁地晃着，嘴角流出液沫，鼻涕也流出來了。接着，他在大廳中央跨了幾個箭步，手臂更勤快地在空中比劃着，他走到八仙桌前，雙手扶着兩邊的桌角，他的頭在桌緣邊左右上下劃着圓弧，突然他的手往桌面一拍：

「弟子在那裏？」

「弟子在這裏。」欉仔夫妻早已等在八仙桌旁。

「何事請本駕？」

欉仔的女人哭喪着臉把事情原委一五一十說了一遍，欉仔趁這時拿毛巾擦抹掉成仔的唾液鼻涕。

「拜托三王爺你一定要替弟子設汰，不然，叫我們如何是好？」欉仔的女人說到這裏竟失聲哭了起來。

「弟子啊，你不要哭，哭也無路用，我自然會替你們排解。」

「請問三王爺，我女兒到底是怎樣？她一向就是個很乖巧，很聽話的女孩子，以前也很少破病，想不到一嫁出去却常常跑回來這樣吵吵鬧鬧。」欉仔接着說。

「嗯，嗯，現在如何？」

「現時整天若不是失神失神坐在房間內，就是又哭又喊，什麼人都沒她的辦法。」

「嗯，嗯，其中必有緣故，我算看看。」

成仔來回走了幾個緩慢的步伐，他的手臂向空間揮舞着，忽而脚步加遽，手臂的晃動比劃也加快了，最後在門中央重重地跺了三個脚步又走回到桌前，搖着頭說：

「弟子啊，這樁事恐怕歹辦喔。」

「三王爺，是怎樣？」

「不幸啦，你女兒去年年尾時在西北角的所在冲犯到，致使枉死的查某鬼纏身，總講起來，八字卡淺啦。」

隨着這個宣判，陸續進來的圍觀的人無不嘖嘖稱奇並暗暗議論着：是呀，去年年底的時候，阿屏不是在莊頂西北角的農場當甘蔗採收女工嗎？那地方不太清潔哪，幾年前一個外莊的查某就吊死在那區域的木麻黃樹上呢……

欉仔的臉孔佈滿了震驚的顏色却仍强自鎮定，「命啊。」他悲嘆地說，生長在這個農村社會，雖則什麼稀奇古怪的事都有所聞，但好像總是與自家相隔甚遠，如今，可見的是壞運道已經降落到自己女兒的身上了，這無非是命啊！

「三王爺，」欉仔的女人囁喃地說：「事情既然到了這個地步，請你要盡量替我們想辦法，你若是保佑我女兒平安順利起來，將來我們會好好叩謝你。」

「嗯，你們都不必着急，我自然會來排解，現在，去準備祭品來。」

「要什麼物件？」

「牲禮一付、白米一升、金紙三只、清香一束，在門口向西北角遙祭。」

欉仔向他女人使了一個眼色，她立即退下去張羅。其實，按照一般人家問神的習慣，他們料定少不得要這些東西，所以老早已經準備好了。不多久，欉仔的女人和大兒子端出祭拜物品，齊全地擺放在門口一張長板櫈上。這時，原來在不遠處朝欉仔家大廳觀望的一羣少年和小孩，因着好奇，於是又圍過來了。

欉仔由內廳點燃了一束清香，走到門口小祭壇前向著西北的方向拜禱。

「且慢，」成仔走出來，「祭拜時，這裏所有的人都要向西北角跪着，求枉死鬼饒赦。」

一些上了年紀的圍觀者紛紛自動地跪落，除同情欉仔家的不幸外，他們也都祈望三王爺能安撫那纒着阿屛不放的鬼邪。但是那幾位少年却仍舊僵直地站立着，他們那種懷疑不馴的姿態，使得欉仔不得不央求着他們，但他們相互瞧瞧，仍然不肯跪下。

「誰還站在那裏？」走着乩步的成仔發覺了，轉身對他們：「怎麼不跪下？」

「爲什麼一定要跪下？」一個高個子說。

「陰魂得罪不起，叫你們跪，你們就跪。」

「不跪就是不跪。」

「狂莽弟子，鐵齒銅牙槽，弟子啊，劍，劍，拿七星劍來。」

欉仔尚未來得及拔身站起，那幾位少年已經呼嘯地喊着：「神怎麼這麼不講理？」加雜着挑釁地模糊不淸的笑語飛奔出去了。

「狂莽弟子，狂莽弟子。」成仔猛跺着脚：「成事不足，敗事有餘。」

「請三王爺不要生氣，那些囝仔不知世事，走就好，走就好。」欉仔連忙陪罪說。

「嗯，嗯。」

成仔拱拳向西北方做個拜請的姿勢，口中低聲默唸了一陣，然後對欉仔說：

「弟子啊，我已經和那個查某鬼交通過，沒問題啦，現在帶我去看你女兒。」

欉仔漫應一聲便起身領路。成仔跟在欉仔身後，在跨進房間的時候，他的脚尖踢到凸起的門檻而顚跛了幾步，欉仔回頭看看，說：

「小利喔，三王爺。」

「嗯，嗯，嗯。」

那個闇暗冷冽的小房間裏，阿屏安分地坐在床緣，她似已驚覺到這無可避免的一刻的來臨，她低垂着頭，蓬亂的頭髮蓋着大半的臉龐，她不再嘶聲叫喊，肩胛却因爲還在抽噎着而驟起驟落。成仔躡足走到她面前：

「妳叫什麼名字？」

「阿屏。」欉仔很快代替回答。

「嗯，阿屏，頭抬起來。」

彷然對不可知的命運做着無言的抗告，阿屏隔了很久才緩緩無力地抬起頭顱，顯現出失眠的沮喪的臉孔，兩眼已哭得紅腫，她空漠地掃視成仔一眼後迅又把頭低下。

「阿屏，妳爲啥總是逃走？他們對妳不好？」

「………」

「叫妳做很多粗重的工作？」

「………」

「妳厝對妳不好？」

「……」

「妳和妳厝的家人不合？」

「不是，你說的都不是。」

「那麼，妳到底爲啥要時常逃走？」

「我怕——」

「怕啥？說。」

「我怕——啊，你不要再問了，我怕的，你們都沒有辦法解決。」

阿屏說着，一滴一滴的淚珠又掉落下來恰打在她瘦白的脚板上。

成仔沒有再逼問下去，他轉身對欉仔說：

「弟子啊，她煞得眞深呢，這種事怎麼可以拖到今天呢？」

「我們都不知影這到底是什麼緣故，所以才會拖到今天，後來才想到請你來問看看。」

「嗯，嗯，你去拿七星劍來。」

欉仔飛快地拿來七星劍，格外審愼地把它交給成仔，成仔示意他暫時出去廻避一下，欉仔知道接下來的大約是驅驚的法事，於是帶上門退出去。

成仔唸唸有詞地舞着七星劍，他時而喊着：「看劍，看劍。」後便往那個方向重重地一個砍劈。然後他再度走到阿屏身前：

「阿屏，你現在還怕嗎？」

「我怕的不是這個。」阿屏的臉上又淌了兩行淚痕。「我單是不願回去。如果你們每個人都逼我回去，我寧可死。」

成仔頹然地退出房間時，不料在門口碰上了圍睹的原先都跪於廳堂外的男女，他們看到成仔執劍走出，惶恐地速騰出一個小小的通道。成仔回到八仙桌前，一個青年落寞地豎立在那裏，若有所思地看着三王爺神像。

「他是我女婿阿東。」欉仔說。

成仔端詳他一回，把七星劍交給他放置妥當。

「嗯，你來得正好，我要問你，你娶她多久了？」

「四個多月。」

「娶的時候有沒有看日子？」

「有，生辰八字都合過。」

「嗯，你娶她過門，是不是虐待過她？」

「沒有，怎麼會呢？」

「老實講。」

「沒有呀。」

「你家人對待她如何？」

「起先都不壞，但是後來她常常偷跑回家，我家人多少有點不高興了。」

「嗯，你知影爲啥她會時常逃走？」

「我就是想不清楚呀。」

「嗯，」成仔突然微傾向那青年，壓低聲音再問：「你們的房事如何？」

那青年回顧欉仔一眼，欉仔說：

「三王爺問你，你就老實講。」

「其實，自娶她入門那天，我要跟她那個，她說她怕，我想，女孩子第一次都是這樣，所以不管三七二十一，誰知影她竟然哭了一整夜，後來，我要跟她那個，她都又吵又鬧地廻避了。再後來，她乾脆跑了。」

「喔，喔，喔。」成仔連連點頭，「實在她是沖犯到啦，你不要見怪。」

「我知影。」

「嗯，等一下子我替她收驚以後，你們的事情就解決了。明天你就可以將她帶回去。」

那青年知情地退在一旁，他的眼神流露著虔誠的盼望，隨即也加入欉仔一家人圍在祭壇前燒紙錢的行伍之中。

成仔走到那些人圍成的圈圈中，向着西北角叩拜了三次後，手持阿屏的衣物在火堆上循環擺劃着，以低沉廻盪的聲音召喚說：

「阿屏，返來喔。」

其餘的人都跟着說：「返來喔。」

「阿屏，三魂七魄返來喔。」

「返來喔。」

如此重覆呼喚了幾次，成仔再踱回到大廳裏，在箔紙上畫好靈符，交待欉仔把這靈符讓阿屏帶在身上。

「弟子啊，還有啥事嗎？」

「是沒啥事了，祇要三王爺能庇佑阿屏復原，我們就很感激。」

「嗯，嗯。」

成仔最後作了一次舒緩的運氣之後宣佈：「退駕。」

欉仔的大兒子扶持他一步步收縮着引退回到籐椅上，成仔仰頭呼着氣。過了不久，成仔總算自然地醒轉過來了。回復到這個現世的人的世界，他一睜眼便又看到神案上的風景，七星劍依然英氣煥發地憑靠在三王爺的旁邊。但是此刻三王爺漆黑的面容却展露無痛無傷的冷酷，就像全然洞識了人間世的模樣，這使成仔立即觸起了剛剛結束的法事的回憶，一對小夫妻間居然發生了那樣的怪事，想到這個，成仔的意識裏突然地也警覺到自己和春枝間變得異常的關係了，於是馬上起身告辭，卽使欉仔如何留他吃特地爲他準備的點心，他都執意拒絕了，就是那份他應得的紅包酬勞，也是欉仔追趕了十多步才來得及塞進他口袋裏的。

重新走到村道上，成仔特別能感到一種職業性的虛脫了，彷彿也就要受到隨神智之操勞而引起的病氣的襲擊，但是他現在每踏出堅固的一步，却也還能充分體會到那種確實走在地面上的感覺。

半路上他發現了人家的隔路圍牆上一排如幽靈般幌滅的影子，從那裏發出了猥褻而鬼祟的笑聲，成仔走近定神一看，又是那羣整晚都跟着他的不大不小的少年，成仔以一位年長者的身分問着：

「這麼晚了，怎麼還不回去？」

那羣少年沒有回答，祇一味衝着成仔冷笑。

成仔不解地又問：「啥事情讓你們笑成這個樣子？」

「好笑的事情夠多哪，今夜無意中聽到一個消息，實在好笑。」

看不出是那個少年說的，成仔急接着問：「啥消息？」

「這個我看不要告訴你卡好，你返去問你某就知影啦。」說着，他們又前翻後仰地笑起來。

這回成仔反過來納悶地問自己了，到底是怎麼回事？難道他們從他家裏搜索到足可讓他們啼笑的把柄？或者，他們單純因爲他是童乩而無理取鬧？

成仔沒有理會他們，加快脚步往家裏走，可是當他走開一段距離時，那羣少年在背後齊聲吆喝着：

「童乩成仔，你某討客兄啦，哈，爽歪歪。」

這話就像把利劍一樣刺進了成仔的心坎，一種直截的羞忿使他奮身追罵那羣少年，然而他的腿忽然之間變得癱軟無力了，他眼睜睜看着那羣少年從黑暗的村道鬼一般地閃失。天啊，不久之前我成仔尙是個被民俗社會尊敬的童乩，此刻我却已變成衆人取笑的對象，頂着這斬割不掉的烏龜的罪名，叫我今後以如何的顏面去面對村人？叫我如何去接納人家的鋒利的眼光？這見笑的事情，啊，三王爺啊，不久前你尙且藉用我去排解人家夫妻間的問題，可是如今，誰來替我洗清這不名譽的汚辱？……

成仔帶着寸斷的肝腸一口氣衝回家裏，將眼見的被人恥笑的羞怒使他的血液奔騰起來，腦筋像隨時就要爆裂。他摒住氣闖進臥房，床上是空虛的，「那麼，那麼，一切都是屬實的啦，天！」他喃喃說着。

一股莫名的力量又使他再衝到孩子們的房間，一把將熟睡中的啓明抓起：

「你阿母去哪裏？」

啓明顫慄地揉着眼睛說：「不知道，剛剛還叫我們趕快來睏。」

「天啊。」

「阿爸，啥事情？」

「沒你的事，去睏。」

啓明不明白大人間又發生了什麼事，他重又疑悶地爬上床去。

成仔退回到廳堂，强按捺住悲憤的情緒坐到大廳的門限上，他的兩隻眼睛瞠視着門口外，他誓意等春枝回來，祇要她回來，一切將得到最好的解決。雖然這不得不歸咎於自己，然而，就這麼縱容名分上的妻子和私人私通嗎？就這麼睜一隻眼閉一隻眼裝做不知道嗎？就這麼讓人家指指點點嗎？不，不，不。這壞女人應該由我來懲治，這壞女人應該由我來懲治呀！

春枝終於回來了，她在門口看到門限上一個黑影，正要開口說話，成仔即時撲了過去就是兩個清脆響亮的耳光。

「駛破你娘的客兄公。」成仔幾乎是從齒縫間擠出每一個字，「妳去爽快，我在家裏痛苦。」

春枝不意受到突擊，閃避一旁尖聲叫着：

「夭壽仔，你爲什麼打我？你憑什麼打我？」

「憑什麼？憑我是妳的尪我就可以教訓妳。」

春枝還是不明究竟：「我哪裏不對？你說，你說。」

「駛你娘，偷咬鷄的人都說他沒偷，妳和阿發仔，妳給我老實招來。」

成仔越說越氣衝過去又是一陣狠命地揮打。春枝忍受了幾次重擊，也明瞭了是怎麼回事之後，嚎啕地哭叫起來，而終也衍生出一股力量反撲向成仔：「你黑白枉屈，沒好死。」他們各竭盡力氣扭打着，但是長久浸淫在神的旨意裏的成仔，此刻却無一絲力氣了，春枝一用力把他推開，他竟跌落在幾尺外的地面，他奮不顧身地想再爬起，却全身虛弱地又跌坐下來。

春枝哭着說：「我和阿發仔若有怎樣，你是三王爺的童乩，你怎麼不問三王爺看看？」

「哼，神才不管這些人間的私事，你還是給我老老實實招出來。」

成仔頹敗地坐在地面上，兩眼仍然兇惡地盯着春枝。春枝掩面哭着，淚水從指縫間流出來。三個孩子不知何時都驚醒了，抱着春枝的腰和腿，淒切地喚着：「阿母」，「阿母」。

左鄰右舍幾對夫妻聞聲趕過來探視，看到這幅景象，七嘴八舌地問：

「怎麼啦？弄成這個樣子？」

成仔悶聲不響：這見笑事，如何說出口？

春枝眼看有人勸慰，想到自己所受的委屈，又放聲地大哭起來。最後拖帶着孩子進房去，一邊走一邊回頭對成仔說：

「你若認爲我和阿發仔有啥不正經，可以去厝邊隔壁探聽，莊內去撈蛤蜊的人那麼多，你去問問看，看我是不是每天都和一大堆人作夥，你去問問看。」

鄰居們終於明瞭原來是這等事，尾仔的女人叫了一聲：「唉喲，好死不死才會這樣。」幾個婦人便相偕進房裏去安慰春枝。

幾個男的在門口空地上或坐或立，也你一句我一句地：

「哪有的事，成仔，你不要黑白想。」

「剛才春枝到我家和女人聊天，還說到：她每天讓阿發載，一定會讓人家誤會閒言閒語，但是爲着方便，還能撈到更多蛤蜊，也沒有什麼卡好的辦法。想不到別人沒說，你自己倒先懷疑起來了。」

「阿發仔和春枝都是和我們夫妻在一夥的，前幾天，春枝還說，成仔若是肯每天跟她出去撈蛤蜊，也不必給人講東講西了。」

「溪圳都那麼湍流，至少也要三四個人作陣才安全，萬一若是有事故亦才能互相照應。我撈蛤蜊這麼久，從來也不曾孤二人去，賺錢要緊，性命也要顧。」

「春枝是眞打拼喔，苦不得將溪仔內的蛤蜊都撈同來。當然這是運氣運氣，有時一撈五六十斤，有時一粒也撈不到。」

「成仔你做童乩是沒不對，若是有神，替神行事，這也是很好的善事，不過，我們做田人，賺生活也要緊。」

…………

成仔逐字逐句地聽着，這些話句句都像石頭似的敲打着他的心門，這麼說，我是被那些猴囝仔捉弄了，這麼說，我是錯怪春枝了，半年來，春枝努力地維持着這個家庭，而我呢？……

女人們從房裏出來，見成仔還楞楞地癱坐在地上，想必已有悔意，便示意地碰碰她們男人的手肘或肩膀，然後成雙成對走了。最後離去的尾仔夫婦臨走還特意地說：

「起來啦，成仔，沒什麼事了，去睏吧。」

成仔等到已完全聽不到尾仔夫婦的脚音，然後試着從地上爬起，一撐腰，「唉喲，」他暗叫出聲：閃到腰了。

他斜身移行到大廳，房間的門是虛掩着的，猶可聽及房裏春枝的哭聲，「悽愴——悽愴——」她那樣哭着，彷彿無止盡地還在訴說着什麼。成仔突然兩脚一軟跪落在父親的遺像前，他的眼眶不知不覺地迸出了兩行熱淚，他極力想在過去的歲月中，找出自己怎麼會在一夜之間忽然成為一個童乩的確實根跡了。

良久良久，成仔好似從一個曠遠的世界中醒來，門外驀地又傳來一陣倉促的脚步聲，成仔艱苦地爬起來走到門邊，欉仔的大兒子抱着三王爺神像匆匆趕來，急急忙忙地說：

「阿屏喝農藥自殺了，要把她移到廳堂，所以不得不把三王爺請回來。」

成仔一震：「啊？死了？」沒接牢的三王爺神像從手中掉落下來。

憨躄

呂俊德

呂俊德，筆名喬陵，臺灣澎湖人，一九五五年生，中國文化學院文藝組第六屆畢業。曾獲第九屆海軍短篇小說銅錨獎，作品有「白鴿的黃昏」等，詩作亦豐。

近午的陽光下，空氣中飄散著濃郁的桂花香，從這條巷子瀰漫到那一條巷子。天空是明亮而輕鬆的，相思樹上清脆的鳥鳴聲間雜著。

這時，三個約莫十歲左右的小男孩，從拐彎的那一條巷子尋著桂花香而到這一條巷子來。這巷子很寬，但早晨的垃圾車總不會進來過，它老是在附近的大路上活動，巷子兩邊都是空心磚築成的高高的圍牆，對於小孩子來說，他們站在圍牆底下就根本看不到牆內的任何東西。

但三個小男孩在一道加高了鐵絲網的圍牆下停住了脚，然後躡著脚怕發出半點兒聲響，並且興奮地捂住笑咧的嘴巴，他們像偷襲般地一個一個跟進，有時跳起脚來窺看牆內的日本式房子。

「看不到憨鱉。」其中一個臉頰紅嘟嘟的小男孩細聲地說。

「我能看得到，我來看。」另一個穿紅色小夾克的清瘦小男孩說，他也跳起脚來，並伸長了脖子。

「看到了沒有？」

「黑黑的，好像是他。」穿紅夾克的清瘦小男孩說，他不喜歡同伴知道他沒看到。

「你們都不行，一個像小胖豬，一個像瘦皮猴，跳得又不高，換我來，我會告訴你們。」另一個戴頂米黃色鴨舌帽的小男孩說著，馬上跳起來。

「有沒有？」另外兩個同聲問。

「他可能在睡覺，否則不可能看不到。」戴米黃色鴨舌帽的小男孩很想扳回自己的信心，又說：「那個鐵門可能沒鎖，我們推推看。」他指著旁邊面向巷子的紅色鐵門。

他們走近鐵門，穿紅夾克的對戴米黃色鳴舌帽的同伴說：「你先推，我不敢，鐵門可能有通電，會電死人喲！」他還是細聲地說，並緊縮身子作出觸電的怪樣子。

「有電？不會！」戴米黃色鴨舌帽的小男孩伸出了手，但尚未碰到鐵門馬上又把手抽回來。

「用木棍推，這裡有一枝。」臉頰紅嘟嘟的小男孩在地上撿到了一枝小木棍。

他們用木棍推著門，可是毫無效果。於是他們放棄了推鐵門的企圖，又跑到圍牆邊。

「你們抬我，我看到了再告訴你們。戴米黃色鴨舌帽的小男孩對同伴說。

他們兩個果眞一人撐住他的一隻脚，將他抬高起來。

他雙手攀住牆頭的鐵絲網，看到日本式房子裡一個女人正在走動：「有一個女人。」他低下頭來報告消息。

「會不會是他太太？」

「憨鼈不能娶太太的。」底下的兩個開心地大笑。「噓——不要笑，他們會聽到。」戴米黃色鴨舌帽的小男孩在上頭警告他們。底下的兩個勉強地噤住嘴巴。

戴米黃色鴨舌帽的小男孩，他的眼睛又在長滿韓國草的草坪上搜巡，草坪很寬敞，種了一大片枝頭都快燃燒起來的杜鵑花，還有四株高高的椰子樹，另外還有許多不知名的花木。他聽到水聲，對面掩蔽在杜鵑花叢裡的一個水池，細細的水柱從中央噴出來，施轉著洒落在水池裡。水池邊一架除草機靜躺在韓國草上，還有一個小羅筐也半滿地放在韓國草上。

忽然小男孩的眼睛亮得像天空的太陽，落在一叢杜鵑花旁。

「啊，看到了，他在那裡——等一下。」他沒有理會底下同伴急切的催促聲。在杜鵑花旁，一個頭髮稀鬆，體型瘦瘦皺皺的人正臥在韓國草上轉來轉去的玩弄他的皮鞋，不時湊近鼻子聞；他的樣子很醜，嗅著自己的皮鞋時竟然笑了，而朝天的鼻孔往左歪翹，瞇住了左眼，右眼昏濁地看著天空，連那嘴巴也歪曲地暴露出兩排參差不齊的黃牙。他一直打轉地瞧著手裡的那隻皮鞋。

「快告訴我們，看到憨甏了沒有？」底下的同伴已不耐煩起來。

「等一下——。」

他在牆頭摸到了一粒小石子，朝躺在韓國草上的憨甏丟過去。憨甏驚動地爬起來，看到了牆頭那戴米黃色鴨舌帽的小男孩，他馬上胡亂地把那隻皮鞋套上腳，一顛一跛地退到後面的牆腳，發呆地張著垂涎的嘴巴瞪視小男孩。祇不過是一瞬間，他又朝小男孩滑稽的往前移動了幾步。

小男孩在牆頭看憨甏朝他移過來，他大喊：「憨甏——。」聲音拖得好長好長。

「他來了。」底下的同伴聽到他驚喜的聲音，也都驚怯得鬆了手，拔開腿往巷頭跑，把戴米黃色鴨舌帽的小男孩摔在地上；他疼痛地「唔」了一聲，也來不及叫痛，雙手抱住屁股跟在兩個同伴後頭跑。

憨甏站在草坪上，對著牆頭看了老半天，已不見那小男孩了。他用手遮住眼睛，歪著嘴巴，從指縫窺了窺天空的太陽，雙手上下交換地重疊著。

塗了白色油漆的日本式房子裡，透過玻璃窗，他發現了一個三十歲左右的婦人，挺著圓滾滾的肚子站在玻璃窗前。她有一束長長的黑髮梳鬈在腦後成一個髻，臉上抹了一層厚膩的脂粉，眼臉黑黑的，像是精心化過妝的樣子，旁邊站著一個年幼的小女孩，約有三歲，她們經由隔開了陽光與蔭暗的玻璃，正端視著憨甏的怪相。

憨甏對屋內的人猛搖雙手，身子不停地往後退。一轉身，他踉踉蹌蹌地把自己藏在花叢裡。

在花叢裡，他將一條紅色紋身的毛毛蟲放在掌中，呵呵的笑聲沉濁地隨口水從鬆弛的嘴巴冒出；他玩弄著，但一下子就將牠搓死在雙掌中。他好像很得意的樣子，睜大了醜怪的雙眼盯住掌中污黃的液體，他把雙掌在臉上抹了又抹，呵呵地又笑了。

突然他的笑聲停止，雙手貼在臉頰上，整個蠢重的頭顱傾向了水池的那個方向，似乎在聆聽什麼！他是那麼出神的，以致於凝定在那兒有如一座雕像。可是一下子又像是洞悟了什麼，對著花木呵呵地笑，聲音仍是如此的沉濁！

那三個小男孩又來了：「憨蹩——憨蹩——」。

他「唔——唔——」地發出野獸般的聲音。

揹起裝枯葉的小籮筐，他抖擻了一下，像個行軍的軍人模樣。

鐵門打開了，三個小男孩馬上躲開。

又是一陣咔嚨的關門聲，憨蹩走了出來，小男孩們看到他將一把鑰匙往褲袋裡塞。他們在他背後叫嚷。

「喲！他也有鑰匙。」

「他是要去倒垃圾囉！」

「沒錯！沒錯！他時常這樣。」

憨蹩黑舊的大皮鞋疏鬆地踏在巷道上，一輕一重的，他的左脚看起來似乎是比右脚稍微短了一截。他加快了腳步，但就如同在跳舞，身體柔軟地倒向了左側——他立刻又挺豎起來，背上的小籮筐不穩定地搖擺著。

三個小男孩跟在他後頭把他當作小丑來追隨，並模仿他可笑的動作。然而他根本不回頭，他吹起了口哨，哨聲單純得像是快鍋蓋孔噴蒸汽時的嗚嗚聲。嘿！這時他是多麼的神氣，他昂起臉仰向天空，歪歪扭扭地跳著，後面却跟著三個小跟班呢！

走盡這條巷子，他拐進另一條巷子，再過去，就是大路了，憨鷲停住了腳步，回過頭來看那三個小男孩，三個小男孩不安地站在那兒不動，擔心他會追趕過來。

憨鷲把小籮筐裡的枯葉倒在路邊的一隻大垃圾桶。三個小男孩頑皮地逗引他。穿紅夾克的清瘦的小男孩趁他不注意時，搶走了他手中的小籮筐，跑進巷子裡，想把它丢過別家的圍牆，但被鐵絲網拔住。他「唔——唔——」地追過來，眼睛、鼻子、嘴巴因生氣而醜陋地擠在一起。當他的雙手攀住了牆頭，正準備將沒著落的雙脚往上引，好能拿回掛在鐵絲網上的小籮筐時，左脚的皮鞋被臉頰紅嘟嘟的小男孩搶跑了，露出一隻向內翻的畸型脚板。

他垂掛在圍牆，看著被搶走的皮鞋，「唔——唔——」的聲音變得愈來愈大而且模糊，淚水順著臉上寬深的紋溝很快地掉下來。還沒拿到掛在鐵絲網上的小籮筐，他又得跳下來追那一隻皮鞋。搶走皮鞋的小男孩總和他保持了短短的距離，因他行動不方便，這正好可以誘逗他。他厲害的擺動身子，一步一步朝小男孩走過去。

這時，一輛白色的轎車駛進了巷子，看到憨鹽和那三個小男孩，它馬上停住了。小男孩們看到車子，丟掉了皮鞋，一下子就哄散了。憨鹽撿回皮鞋，對著轎車裡的男人一直敲自己的頭顱，他沒有擦掉眼淚，「唔——唔——」的聲音已變小了。

轎車裡的男人等他把鐵絲網上的小籮筐拿下來，又發動了引擎。

而憨鹽並沒有穿上皮鞋，光著左脚板，一跛一拐地追著白色轎車跑。到了他剛才出來的紅色鐵門前，轎車停住了，他也跑到了鐵門前，遲笨地掏出褲袋裡的鑰匙，他拔住它在半空中晃了一晃，咧開遮不住牙齦的嘴巴，向轎車裡的男人示意了一下，慢慢把紅色大鐵門整個打開。

轎車停在日本式房子左翼的車庫內，從裡面走出一位西裝畢挺的男人。房子裡的婦人和女兒跑出來迎接他，憨鹽匆匆地把鐵門拴好，也跑過去，他爲了對這西裝畢挺的男人表示好感，又作出那難看令人嘔心的笑臉來，整個臉孔就像是快完全腐爛的死人破碎的臉，眼睛只剩下右邊的一隻，呵呵地瞅著這個男人。但打扮得很美麗的婦人並不看他，他的眼睛却朝她那圓滾滾的肚子溜轉，撿回來的皮鞋還拏在手上。

這個男人姓田，單名叫昆，是個三十餘歲的企業家，長得很瀟洒結實。他繼承了父親的產業，負責兩家對外貿易的公司。他在父親母親相繼死後不久，在三個月前就買下這幢有草坪的房子，他們搬進這兒也祇有三個月，平時很少和鄰居打交道，所以附近的人對他們都非常的陌生。田昆夫婦搬到這裡來時就帶來了憨鹽，其餘的，別人也祇能對他們作著種種的猜測。

憨蹩雖是個低能的醜怪人，但交給他的粗活，他都能作得來；而且對田昆夫婦又極其忠心，他的生活也極單純，除了看守這個家、幫忙田昆洗車子、整理草坪，有時莫名其妙的興趣一來，就把整張草坪搞得亂七八糟，可是事後他仍會把它整理得好好的。因爲類如這些事情，祇要田昆叫他怎麼作，久了自然變成很習慣性的動作，這些事情不需要他來動腦筋。

田昆夫婦進去了，憨蹩還留在外面看著關上門扉的玄關。

中午的時候，田昆從窗口探出頭來，他的頭髮在三月的陽光下閃閃發光，臉孔背著陽光，陰冷冷的，還不如頭髮來得比較眩人眼睛。他向趴在韓國草上玩弄螞蟻的憨蹩呼喊，憨蹩正把一隻黑漆漆帶點褐色的硬殼大螞蟻往嘴裡塞，在嘴裡嚼了幾下再吐出來，他沒注意到田昆的呼喊。田昆的聲調有點兒火了，他又大喊：「憨——」，這是田昆通常對他的稱呼；祇是外邊的小孩子不知怎的却爲他多加了一個字，叫他「憨蹩」。他聽到了喊聲，馬上「唔——唔——」地朝窗口趺撞過去，田昆從窗口遞出來一大碗米飯，上面加了一些青菜。他抬起頭，眼睛由青菜而移落在田昆油膩膩的嘴巴上；窗內，婦人坐在沙發椅上爲小女孩餵食，餐桌上仍擺著幾碟菜，一股香味從裡面冒出來。

「快拿去！」田昆又伸出一雙筷子給他。

他雙手迅速地在衣服上擦了幾下，馬上接過田昆手中的東西，頭也不回地顛跛到椰子樹下，但他又聽到田昆的喊聲，他回頭笑著瞅他。

「到那邊吃！」田昆指指車庫方向。

他呵呵笑著，彷彿很高興聽到田昆的喊聲。

車庫旁邊有一間倉庫，他一直都睡在裡面的一張木板床上，他露出零亂的牙齒，瞇了太陽一眼，然後「唔——唔——」的坐到倉庫門口吃飯。除了早餐外，有時午餐和晚餐田昆都很少同來吃，爲的是公司的雜務及應酬，今天他能同來吃午餐是件很偶然的事情。

祇扒了兩口飯，他好像很厭煩的樣子，甩掉了手中的筷子，乾脆用手挖飯吃。

田昆出來了，憨鷟停止嘴巴的嚼動，他撇著頭留意田昆的每一個動作。看他蹲在噴水池畔，憨鷟突然弄丢了手中的碗，飯粒洒了滿地。

噴水池設計得很奇妙，它像個女人張開的手掌，約有兩公尺長，寬一公尺多，在水珠打皺的水面，有好幾尾鯉魚和金魚，喁喁地翕張小嘴，並不因爲他們的靠近而立刻躲入水底。金魚凸出的大眼睛似乎毫無遺漏地捕獲到水中的任何食物，它們大小都差不多；而鯉魚則大小不一，有的才祇有無名指大，有的則有兩張手掌相啣接般之大，它們在陽光的輻射下，閃耀著銀白的鱗光，田昆拿磨碎的魚粉蹲在旁邊餵養它們，憨鷟也出神地看魚兒吞食的樣子，不覺，一串口水撲落進水池，驚動了一部分的魚群。

他也要田昆給他一些魚粉。田昆沒說話，揑了兩顆米粒般大的魚粉給他，他一點一點地把魚粉丢進水裡。

田昆走開了，憨鼈宛若沒發現似的，他對著水面，在水裡看到了自己的樣子，他伸手去抓他，却驚訝地發現彷彿水裡也有一個人。手縮回來了，什麼也沒有，而水裡的醜臉也消失了。一會兒，剛才那個醜臉又出現，憨鼈對他笑了笑，他也跟著笑了笑，那副笑的樣子令憨鼈害怕得逃跑，但還是回來了。他移換了一下位置，然而水裡的人也跟著他移換了一下位置，依然追隨他。茫茫然地，他直瞧水裡的人，口中不停地發出「唔——唔——」的駭然聲。

在那個人的臉孔裡面有一條金魚，一下子，眼睛裡面、鼻子裡面、嘴巴裡面、還有伸長的脖子裡面，都出現了許多的金魚和鯉魚。他又向那個人抓下去，把手縮回來時，手中却多了一尾金黃肚子的金魚，尾巴嗶啪地拍打著，它是滑膩得幾乎使他抓不牢。

他搖晃著頭顱死盯住手中的金魚，突然有一股新鮮的念頭誘惑著他，他把金魚塞進嘴裡，用舌頭攪玩它。

「憨——憨——」他聽到田昆的叫聲，趕忙把金魚吐入噴水池裡。是田昆要出去了，仍然西裝畢挺、頭髮閃閃發光的樣子。

送田昆的車子出去後，他關好了鐵門，回過頭，却見到田昆的小女兒站在玄關外咬手指。憨鼈表示友善的笑著，跋著脚，跳舞般趨近她。

小女孩矇住了那張小臉嚎啕大哭，把憨鼈呆呆地楞在那兒不敢妄動，哭嚎聲引來了田昆的妻子，她把小女孩帶進屋子裡，瞟了他一眼，玄關的門也帶上了。

或許是小女孩那張清秀的臉孔吸引著他的緣故，已經有好幾次，他都不經考慮地想親近她，結果每次總帶來一陣騷動。像這次，他又祇好依然擺出一副叫人無法看透的表情，帶著些許的喪氣與自譴。

冗長的下午使他覺得不安，因此雙手不停地巡迴著，搔遍了全身，但還是坐立難安。

不知是否爲了打發無聊時間？他跑到草坪中央的一株椰子樹下，弓起膝蓋坐在底下看它，一手放在腦袋上，像是古希臘哲人望海沉思的樣子；又把耳朵貼在樹幹，恍惚樹心有靈細的聲音在呼喊他。聽了好久，煞有一回事似地他又敲叩著樹幹，這時傳來了篤篤的回聲，他高興得不得了，又把耳朵貼在樹幹專注地傾聽。彷彿樹幹裡眞的有神秘的東西存在，而這種東西能由他的聽覺來發現它。

他的耳朵一直貼在樹幹，往下移，往下移，最後竟落在根部，耳朵緊密地和泥土隔著韓國草彼此黏觸著。而後，他用手掌在草坪重重地拍擊了兩下，又呵呵地笑了幾聲——再趴在那兒聽。

好長好長的一段時間就在憨鼈的這些動作中渡過，他也不覺得它的單調。

過了不久，他使力地搖撼樹幹，可能是泥土濕鬆的關係，一下子他就使它傾向了一邊，樹皮也迸裂了一小塊，露出綠黃的纖維，尚有一些綠汁從裡面流出來。憨鼈踅過一些花木，在牆脚下捧來了一握的泥土，將泥土封住樹幹的傷口。

眞的有些疲累了，他靠在被他推傾的椰子樹下閉上了眼睛，喉嚨奇怪的像鴿子般發出咕咕聲，嘴巴也好像關不緊的水龍頭，口水一逕由脖子灌進胸脯裡。其實他的右眼並不能全然閉上，但他是睡著了。

晚上，田昆回來發現傾倒的椰子樹，他又開始喊憨鹭：「憨——憨——是你把它推倒的？」

憨鹭從倉庫裡走出來，臉上堆擠著扭曲的微笑，他「唔——唔——」很得意的猛點頭。

田昆的臉孔變得愈來愈長，而且一味向憨鹭欺進，憨鹭多少已感覺到來勢的不對，他退後了幾步，又站在那裡傾斜著身子，等著田昆走近來。祇見田昆狠狠地掃出了右脚，把他摔在水泥地上，雙掌因這一摔而劃破了皮膚，血水隱隱地向外沁出來，他恐懼地「呵——呵——」哭著，哭聲和笑聲竟然差不多，並且這時臉部的表情也和笑時的表情差不多，祇是多了兩行縱橫交錯的淚水。

「誰叫你這麼作？」田昆發洩完了，進了屋子內。憨鹭坐在水泥地上用沁出血水的雙掌擦掉臉上的眼淚。

一時他又忘掉了剛才的事情，「唔——唔——」地抓著脚趾玩，把兩隻皮鞋丢在一邊。併攏了雙脚，他比較著正常的右脚板和向內翻的畸型左脚板。

田昆夫婦通常在十一點左右就寢，就寢時客廳就祇剩一盞昏黃的小灯；白天與夜晚對他們而言是截然不同的兩個世界。憨鹭的世界呢？他的世界祇有一個，白天與夜晚對他並沒有任何差別。在倉庫裡，祇有一盞五燭光的灯泡陪伴著夜黑的世界，其實不使用它對他也不打緊，他似乎有點兒天賦的夜視能力，像貓狗一樣。倉庫裡的蟑螂和老鼠很多，這正好可以解決憨鱉的無聊；有時他一整夜都不睡覺，爬行在地上和老鼠作追逐遊戲，或者在牆壁以及各個角落裡捕捉蟑螂。而蟑螂和老鼠在這裡似乎也不曾絕跡過。

這個家庭的人們都入睡了，只剩下憨鱉還坐在床沿上發呆。一隻在天花板上爬行的蟑螂落入了他的視線裡，他忽然站起來，曲縮著嘴巴猛吹氣，氣流像颱風般，磨擦過牙齒，呼呼聲中挾帶著噓噓聲，他不知是想把它趕跑或是想將它吹落下來。蟑螂受到了侵襲，曳擺了幾下觸鬚，一展翅，飛到了對面的牆壁。憨鱉也一步一擺地移到蟑螂旁邊，睜大了兩顆大小不齊的眼睛，雙掌合成一個罩子，慢慢蓋住了蠕動觸鬚的蟑螂。他用兩個指頭捏住它，在鼻前嗅了嗅。忽然又有另一個新目標出現在床頭上，他趕緊把剛捕獲的蟑螂含在雙唇間。這隻新出現的蟑螂似乎比唇中的蟑螂大了一些，而且顏色也比較深褐。他慢慢移過去，擔心驚動了牠。床上一條發臭的棉被觸發了他新的想法，他抱起棉被就往床頭的蟑螂罩下去；這隻蟑螂警覺性很高的逃掉了棉被的侵犯，卻衝進憨鱉的衣服內，在他肚皮上爬走，癢癢的。

蟑螂在肚皮上帶給了憨鱉新奇的感受，連挾在唇中的蟑螂他也把它扔進衣服內。衣服在腹部有一條細褲帶緊緊地束縛住，所以根本不用害怕它們會從底下逃跑，而他也很聰明，慌張地在頸子部位擰緊衣口，這一來，蟑螂毫無逸竄的機會了。

兩隻蟑螂時而聚合在一起，時而一隻在前身，一隻在背部地奔走，肢爪騷癢地使他忍不住的倒在地上打滾，他呵呵笑著，沉濁而長，連續的。最後，他的笑聲變得無力且喘促不止。

他鬆了手，不久，兩隻蟑螂一前一後地從衣口爬出來，一隻躲入床底下，另一隻還爬到他的臉上瀏覽了一下，再飛到陰暗的角落裡。

一整夜，憨鹭一直在自我尋找遊戲，消遣自己。

次日早晨七點鐘左右，憨鹭爲田昆夫婦開了鐵門，他們開著轎車出去了。由於平時的經驗告訴他：「他們是出去買菜的。」很習慣性的，他又把鐵門關上。

晨間的空氣仍然是那麼寒濕，隔壁人家的院子裡飄來的桂花香，憨鹭很喜歡它，有時他忘記它是來自那個方向，引長著脖子，四處尋找。草坪上的花開得更多了，紅的、粉紅的、藍的、白的，一大片的盎然。他看了看昨天那三個小男孩出現的牆頭，似乎希望能再看到他們，但除了一層黑褐的銹包住的鐵絲網外，就祇剩下一片寒涼的天空和一些附近的屋頂。被他推傾的椰子樹還是那樣子，噴水池的水還在噴著，而且現在的水聲跑進他的耳膜裡，格外來得清晰響亮。太陽還沒露出臉來。

隱隱約約的，他好像終於看到太陽在日本式房子的玻璃窗昇起來了，火紅的光影眨眨閃閃，映得整幢房子裡面通紅；又像草坪上的花朵一般，有紅的、粉紅的、也有藍的、白的，煞是美麗，憨鹭狂喜地舞跳起來，口水一直流。但那白色的忽然從屋子裡衝出來，跟著，紅的、粉紅的、藍的也衝了出來，而且是一直往寒涼的天空衝上去，帶著喇喇的脆響。憨蹩一下子由狂喜而變得恐懼。周旁有一種灼熱的感覺。

他記得剛剛送田昆夫婦出去時，並未見到那可愛的小女孩，很朦朧的意識告訴他：「她可能還在睡覺！」他知道她是同田昆夫婦睡在一起的。

於是他跌跌撞撞的跑過去，一拉開玄關的門，一股巨大的火舌迎著他吐出來，推得他倒退了幾步，但他還是在紅色、粉紅色、藍色、白色相混合的圈圍中穿了過去。皮膚的焦痛疼刺著他，他依然奔進田昆夫婦的房間裡。這裡的情況倒比前面好些，可是也已開始焚燒，他被白色的煙燻得淚水直流。

小女孩還睡在絨毯上並未受到傷害，臉側向憨蹩，小小的嘴唇緊閉，一隻白色瓷瓶般的手伸出床沿外。在小女孩上頭的壁上，還掛了兩幀田昆父母的遺像。

他剛碰到她，她馬上醒了過來，一看是「唔——唔——」張著大嘴的憨蹩，驚惶得大哭起來。

憨蹩不顧她的哭聲，抱起她「唔——唔——」的就要往外跑，然而房間門口已被一片火海擋住；他回顧著玻璃窗，一腳踹開了窗子，抱住小女孩跳出去。一落地，因畸型的左腳使他無法站穩，他跌了一跤，幸而是往左側倒，小女孩並未碰傷，但憨蹩的頭顱却摔在水泥地上。

保護小女孩離開了燃燒的房子，把她抱到草坪，他的衣服已有了好幾塊大焦洞，頭髮也焦黏在一起，連臉頰也有一小塊灼傷的焦黑。小女孩哭著想掙脫他，可是他還是「唔——唔——」「呵——呵——」的抱住她不放。

他看著愈來愈狂烈的火焰，彷彿又有了某種念頭產生，撇開了小女孩，蹣跚地直奔向剛才跳出來的窗口。這時，他聽到了緊急的「嗚——嗚——」聲，是救火車來了。他仍冒著火勢爬進了窗子。

等到外面的人們爬過圍牆來打開了鐵門，一大群人衝了進來，救火車也到了。

憨蹩在救火車水龍的一陣忙亂中，笨重地從熊熊火光的窗口摔下來，懷中抱住那兩幀掛在壁上的遺像。他被兩個人抬到長著翠綠的韓國草的草坪上，這裡，每一朵花都很鮮艷，紅的、粉紅的、藍的、白的。而太陽終於眞的昇起了，照著憨蹩焦臭的身體，他的臉變得更醜、更難看。懷中那兩幀遺像正被人拿開，它祇是外表的框子稍微受到損壞，照片還是好好的。憨蹩看到拿開那兩幀遺像的是田昆。田昆的淚水已慢慢的流了出來，暖瀀瀀的掉在憨蹩的臉上，他旁邊站著他的妻子、女兒、以及一大群人。在人群中，他又看到三個小男孩，一個臉頰紅嘟嘟的、一個身穿紅夾克、另一個頭戴米黃色的鴨舌帽，他們三個在昨天曾玩弄過他，而現在却離他好近好近。

田昆突然伏在憨蹩的胸上，一手撫摸著憨蹩的頭顱，那兩幀遺像緊緊地靠在他們兩人之間。他哭泣著；「我對不起你，原諒我！原諒我！」

憨蹩仍然「唔——唔——」了幾聲。

對於田昆，他却彷彿聽到了憨鷺一直的叫喊：「哥——哥——哥——哥——。」但在場的人們或許並不知道，唯一可能知道的也許祇有田昆的妻子，因爲她的淚水已撲簌簌地掉了下來。

憨鷺這時又看到了那些紅的、粉紅的、藍的、白的，所有綻放在草坪中的花朵，都變成了茫茫的一片火海，許多金魚在眼前游來游去，蟑螂也在眼前爬來爬去。他張開歪扭的嘴巴笑了笑，可是沒有發出沉濁的呵呵聲。

悲色戰紀

趙衛民

趙衛民，浙江東陽人，一九五五年生，中國文化學院文藝組第六屆畢業。曾獲第十五屆國軍文藝散文銀像獎、第十六屆長詩佳作獎。著有詩集「望海潮」，編有散文集「羣星的天宇」。

這是一個神秘莊嚴的故事，一隻大螞蟻說給我聽的。你的確沒聽錯？是一隻黑色的大螞蟻。你當然會奇怪，一隻大螞蟻如何能「說」？卽使能說，我又如何能「聽」？你瞧！這正是問題的關鍵，因爲你是以人的態度來理解的，你如果不修改這種態度，你的眼光就太短淺了，你所能看到的只是一個平庸無奇的世界。你問，我難道不是一個人嗎？是的，我還是一個追求理想的詩人，你這個問題眞是淺薄，淳于生難道不是一個人嗎？爲什麼却在螞蟻國做了南柯太守呢？你說是夢，但最荒唐的夢想，也相對地存在鏡花水月似空非空的玄妙，幻覺也有眞實的層面，在夢裏眞就是眞，世事秋風，百年春夢，卽使我醉夢胡聽蟻語，抑是蟻作人言又如何！莊子作蝴蝶夢，甚至長大了雙翅膀就飛走了，怎麼說！但我這樣解釋，你會眞的誤會我只是做了一個怪夢，這是我不願意的，我將先說一段我所讀到的科學實驗來作我的佐證。一個科學家將一棵植物連著泥土放置在實驗臺上，在植物旁邊放置著一瓶正在燒煮的沸水，安置了各種嚴密繁複的估測反應儀器後，將一隻活生生的青蛙丟入沸水中，儀器的指示表不斷地跳動，證明這棵植物的內部竟起了劇烈的騷動和不安。可見各種生命可能都有一層神秘境界，藉一種神秘的直觀可以通達「宇宙靈魂」，而跨越出有情形體的分界，人難道不是後天的習染自己限制了自己，喪失了這種奇妙的能力嗎！這將是你的問題，如果你不相信這種生命的感通，光是美學的移情作用還不能解釋，如果說「移靈作用」就勉強可以了。尤其你不是我，你不知道我生活的環境，那簡直就是螞蟻的世界。幾個月來鄉居的讀書生活，頗富野生的趣味，古舊的書房老帶著一股霉味，牀上的塵灰約已積寸，每個角落都是螞蟻盤沿之地，更是到處漫遊，常常午睡到一半，被疼痛所驚醒，幾隻螞蟻在小腿肚的長毛間游走。念書時，脚面刺癢，擧起一看，已是一個腫疱。我曾經看過一隻八脚蜘蛛掠食螞蟻，用如網的長臂圍攏螞蟻，讓牠無處遁逃，然後就一路收回穴裏的網上。有一次夜裏，放了一盤餅乾在桌上忘了收，第二天一看，萬頭攢動，蟻潮如湧，一時興起，自外面草地上，用樹枝引了一隻大頭黑螞蟻，起先牠還惶惑地到處察看，等到我扔進餅乾盒時，牠發現蟻潮洶湧、非我族類，連滾帶跳地四處跌撞，仍然不免被這些螞蟻追咬，終於爬到盒沿，一個不支摔落地上，掙扎了一會兒，終於斷了氣。我也曾細細觀察在草地上的「曠野部落」如何的築穴及覓食，牠們的生態活動都引起我莫大的興趣，在屋裏的螞蟻更有一個奇怪的現象，就是插頭部分常麕集著蟻羣，使得我有時簡直不知如何按紐開燈，牠們是太愛在插頭裏面居住了，整個廢舊的屋子這種按紐的部分全被牠們佔據過，裏面既無食物也無水分，縱然很多螞蟻死於此處，仍然成羣的絡繹不絕而來，一羣羣的死螞蟻縮渺爲蟻灰，逐漸蒙上了一層灰翳，新來者也逐漸蜷縮臥死，生和死的畫面交疊映現著。這是什麼緣故，我整天整夜的思考了數週，却得不到解答，你知道我的焦灼嗎？難道是電流能觸動牠們「靈魂」深處，使牠們的生命得到感應嗎！傳說中大象欲死之時，也到人所不知的深山大澤，而羣象也皆死於彼，難道這種情形與「象死之謎」相彷彿嗎？我日日夜夜爲了解答這個疑問，精神在自我折磨中恍恍惚惚，你知道，尤其螞蟻這樣嚴重的干擾了我的生活，更尤其是我的睡眠，我根本無法凝聚我的心思於別的事物上，我與螞蟻共同生活，牠們簡直殘忍的剝奪了我做人的樂趣，我甚至願做螞蟻，成爲牠們的族類，以免牠們無情的嚙咬，就這樣，我天天遊神於幻境之中，醒時生活在螞蟻的世界，夢中幌動的也全是螞蟻的形象。就這樣，有一天晚上，我啓開了垂貼在牆上的日光燈，一邊翻閱著摩西五書，並準備開始寫完我頌揚追求理想生命過程的詩稿「人子」，突然有一個聲音對我聒聒不休，我到處尋找這個聲音，却無法找著，請你相信那種在原以爲孤獨却發現有陌生者闖入的那種莫名的顫慄與震撼，直到我將視線移注在日光燈下浮突出的橫木上面，我的驚懼感才緩和下來，不錯！那上面正是螞蟻，一隻玄黑、肢粗腦大的巨型螞蟻凝立不動，而四週蹲伏著無數的、紅黑相間的螞蟻，在更旁邊則是螞蟻的屍堆了，當我視線愈來愈模糊時，那聲音就格外清晰起來，我昏昏沉沉地看著牛奶杯口的幾隻螞蟻，任那聲音將我的魂靈帶引到一個迥然不同的世界，彷彿正跟著牠從我紗窗的洞口爬進來，探訪著傳說中的聖地。這雖然如眞似幻、似幻如眞，但實在是眞的，我眞的已經沒有人的意識了，我成了一隻螞蟻先生，好像這位螞蟻先知會催魂大法似的。我不想再說別的了，如果你還有似疑非疑的話，那麼就姑妄言之姑妄聽之吧！反正這個故事大約是我最神秘的一個經驗，也不求你們俗人能如實的理解，不信我的，也只會將這故事當作無稽的怪談，自然不知信我的人，也將看清楚了永生的榮光。好吧！開始了！一首莊嚴的史詩，一個幻覺的劇場拉開了幃幕，讓這聲音引領我們到一個奇妙古老的幻境，到一個超絕而美的世界裏去。

一

我來自一個湮滅於人間世的部落。由於一種神秘的召喚，趨使我成爲部族的紀史者。我細心地照察這個部族的老人們口裏流傳的美麗傳說，雖然他們認爲祇是空洞却富有魅力的幻想，而我却認爲這些神話是理想化的歷史事件，眞眞確確地曾在部族的歷史上演出過的動人戲劇。生命的象徵部分，一定要走入神話的。我的企圖，是要自口頭的傳說，構築成不朽的民族史誌。對於我以前那段混沌初鑿的洪荒時期，我有太多的遙情與幻想，尤其它包括一個悲壯的部落戰爭時期。

那幾乎是整個的部族神話。如我能够，光是完成這一部偉大的戰紀，就將令後來的紀史者震驚的。先生！我有這樣的雄心。

在神話裏的悲劇意味特別濃厚，因爲環繞我們生命周圍的現象，除了天火洪水，就是毒蟲猛獸。這種現象大約你們已遠離的。我們的生命在悲劇中出生，到處籠罩著濃厚的死亡氣息。如果在一個地方發生了大瘟疫，或遭受噩運無情的大災害，我們整個部落就會像風一樣的遷徙。這種生命的無常感，於我們誠然是太濃厚了。在經常性的逃亡與流竄下，我們爲生命的掙扎付出太多的勞力，那使得「文化時間」是貧瘠的。當然，那不意味著我們沒有文化。在一種經常性的大毀滅與大遷徙裏，文化意識是憑藉古老的傳統來傳遞的。傳統於我們格外重要，那裏面含蘊有前人的生命經驗。當族裏的長老把傳統教導給我們的同時，也傳述給我們那些古老的悲劇傳說。原諒我誇大！但我要說，我歷史的智慧大約是從這裏開啓的。

最令我着迷的，莫過於圍繞曖丘耳神的系列神話。我認爲那是所有神話的源頭，其前或其後的神話都圍繞著這個中心成爲幻美的光環。傳說中的曖丘耳神，是在時間的光年裏載育而成的，那時世界還未產生。他的身體是旋轉的捲風及沍寒的霜雪凝成，而太陽嵌成他的左眼，月亮嵌成他的右眼，宇宙的光迴旋成他的智慧與愛心。傳聞中他曾率領族人佈成戰陣防止惡魔神毛刹逃脫，而以神力變成的巨斧劈殺了八臂怪魔。說起那巨獸的本事還眞大，能自口裏吐出八卦網，據說是冥海的鬼草與千年刺藤經唾液糅合而成。在這張命運之網前，千軍也無可奈何。却擋不住曖丘耳神至高願力的一擊。在史前的洪水來襲前，是他以毛髮幻作蒲葉，使全族渡過了厄難，一隊蒲葉神奇的分開了洪海，抵達了世界的邊牆，他帶領攀登了天牆的峭壁，抵達了聖地貝南，那幸福的棲地。傳說中的聖地多麼令人嚮往，流著奶水和蜜，沒有風雨沒有黑夜。因爲到夜間，一塊長條形的巨岩就會通體透出白光。令人謳歌的聖地。族人在那裏度過一段平靜的歲月，直到一天，大家突然驚覺彼此已經老了，每個族人的頰邊都已滲出霜鬢，對死亡的恐懼襲擊著無知的靈魂。於是曖丘耳神出發，去尋找一顆生命果，聽說只要能看到這顆仙果，將得永生。他抵達了長在雲中的昆侖山，傳說中的迷失的仙峯。巨大的生命仙果在縹緲的峯頂如成山眼，幻射出十彩霞光，照得整個天色金燦奪目。曖丘耳神憑著無比的意志欲攀登絕頂，拔取仙果。但仙果却是取不動的，當他剛費盡九牛二虎之力把仙果移動了一會兒，那眼穴彷彿就有無窮的吸力把它吸回去。這樣經過了無數年，仙氣與霞光浸染著，他依然無法搬動仙果。但當流盡了忍耐的眼淚和堅持的汗水，他已覺得永生之光自心中湧現，他通體已是綵光霞氣。但當他回到聖地，懷著永生的秘藏，却發現族人全已老死於地，霜鬢白髮相互糾纏。曖丘耳神如此的傷心，他悲懷的淚水流個不停，終於委頓而絕。他的雙眼飛上天去，他的頸圈飛成雷電，肉體和毛髮就化做土地和植物。但據說以愛力凝成的靈魂還迴蕩在風中，風聲就是他可親的話語。

這個開天闢地的神話，意味著在我以前的神話時期，有一個民族的巨靈，爲挽救部族的淪亡而作的各種奮鬪。這是我大膽的猜想，我要設法去解開「永生之謎」。還有那綿亙了很久的部落戰爭時期，亦懸著我的好奇心。我不斷地蒐集著部落的風謠和傳說，偶爾也做些田野調查的工作。

縱然我活得比其他人長久，這樣的工作仍耗去了我大半輩子無法竟功。雖然我的成績頗爲可觀，但采集傳說的各種風貌，如無事實來佐證，也只能取其形上的象徵意義，離信史的紀述還頗爲遙遠。

直至有一天，我田野的調查工作有了重大的發現，大半輩子的努力比起這偉大的收穫簡直微不足道。

二

像往常一樣，在黃昏的時候我來到穴居之外，和村鄉鄉叟閒談一些傳說，兼提出我對其中的象徵意義所持的看法。在談話的圈子裏却多出了一個名叫耶牟罕的異鄉長老，他披著肅穆而顯得沉鬱的黑色法衣，語氣非常的誠懇，道理非常的透達，彷彿是在曠野流浪的傳道者。

他的誠摯，使感動深入了我的靈魂，我被他端凝而和藹的神態深深吸引著，在他的話裏我對神話的看法得到印證的喜悅，而他更撩激起我對眞理生活的一種渴望。我不斷地向他攀問，忘了其他人的存在。夜暮天涼，村人漸感無奈而散去，我把蜜釀拿出來與他宴飲，他指導著我對神話的一些看法，並對我的工作表示深深嘉許。

更深時，耶牟罕長老說：「我明日就要離去了。」

「呵！離去，長老要去那裏呢？世界那麼空曠，爲何不待在有朋友的地方呢？」

「相知的朋友，我不敢欺瞞你，我每年總要去聖地的。」

「你知道聖地？」我的話音激切而顫抖。

「的確，我曾在聖地吸收了生命之光，你我的年歲似相差無幾，但我已活了三世，實是個衰朽不堪的老者了。」他面對著我，背月而立，月光自他頭頂燦射著皎潔的聖輝。此情此景，教我驚奇得說不出話來。他的話語愈來愈莊嚴。「我來時，相當憂愁，怕眞理無人見證，將在塵間淹沒不傳。永生之謎是和神話相契合的，我的慧力不够，不足以弘揚聖道深義。而我已老朽得如同枯木，此番前去，怕已老邁得無法返回了。」他額上的每一道皺紋都湧現風霜的笑容。他微微地昂起頭來，遙對著星月，回頭斜斜地露出溫和多情的微笑。自他身上彷彿傳來一股熱流，激盪著我的魂靈。我在眞相卽將大曉的前夕，因喜悅的熱情而顫抖，亦將渴望的情感傳達給他。這兩股心靈的暖流相遇而匯流成一，在這種關情的默契下，我們在漸曉的夜風裏無言的互相凝視。

我們動身出發，陽光閃爍著懸在草梢尖的露珠，我們向一片茂密的高草原裏走去。我們的額頭不斷滲出汗珠，臉頰滿是疲乏的紅暈，但我們堅持的向西而去。當我們極度疲累時，就尋著岩石後的陰涼處，或躺在草蔭裏。在第十五個日落的時候，我前面出現一片綺麗的景色。夕陽的餘暉掩映在一片高絕險峻的峭壁上，我看見一片似夢的薄煙的綠紗掛在壁頂，啊！是了！那傳說中的天蓬，聖地貝南的入口。面對此令人怔忡的奇景，我按捺不住跳動的喜悅。長老神容端肅的凝立在那裏，彷彿透體閃爍出綺麗的憧憬。

當我們攀登轉折而上，到聖地貝南的入口處，天色已全暗下來。但突然曜起了祥和的白光，曾在我魂魄裏閃爍的白光，透明的長形巨岩躺在那裏，躺成永恒平靜的夢境。耶牟罕長老無表情地緩緩走著，但你不能說他的無表情面容是沒有表情，那含有一種聖潔的沉默。我時而惴慄的徬徨，時而不安的回顧，已到此地却甚且想要倉皇的逃走。一旦盤繞腦際半生的謎頭將解，突然降臨的眞理風暴恐將瞬間破壞我持續半生的慣性生活。爲此，我忐忑難安。我緬懷著昔日爲探索眞相不眠不休的情景，在濤般的回想裏彷彿遙夢。在永遠的追尋裏，我年華已衰。而今當我垂垂老矣之時，却似見昔日覓尋的幻影將成眞實。是命運的作弄抑是上天巧意的安排，神話的嘗試解謎者却將走入神話。在幻影的淚水裏，昔日的浙夢爾後的臆想在胸中不斷翻起驚潮。

當我感覺著這位長老神奇的平穩和靜默，我狂亂的心緒終因得著決定而平靜。若這次聖地之旅是燃燒的祭壇，讓我在神聖的震盪裏作一次精神的火浴吧！

三

聖地漸近，神岩的白光顯得如此安詳，彷彿萬古迴響著永恒的流聲。耶牟罕長老雕像般高尙的莊嚴姿態，從容不迫的走入聖地。

我竟壓抑不住心頭的狂驚，甚至駭怕，面對著如此淒涼愁慘的景色。永生的聖地却是永遠的墳墓。一堆堆屍體蜷曲而偃臥，在時間的剝蝕裏已渺爲屍灰，屍堆相疊積成爲巨大的墳塚，躺在貝南聖地的平原裏，扭曲的嚎喊似乎在年代裏淘洗不去，匯成巨大的回聲。一種腐朽的灰翳因屍體的風化集結在屍塚的浮面。長老滿懷愛憐地看著他們，好一會兒，他終於繞過去。我懷著無限的悲哀，凝神諦聽著悲慘生命空洞的迴音。聖地貝南是我夢裏的祈禱，但這是一幅地獄的畫面。

那兩個夾牆下佈滿了一堆斷碎石片，石片上爬著一些簡單的符號。當我在那兒尋到耶牟罕長老時，他正對著一座座似成化石的屍像伏拜。「哈姆都拉希達多，宏都姆斯大漢州，哇息哇得司，生息永噓。」在耶牟罕長老莊嚴的頌辭下，這一處的氣氛顯得肅穆和平靜，迥異於方纔的悲鬱景象。當然，或許剛才的愁慘氣氛，亦可能只是我的幻覺。不知有多久了，那屍像盤坐於此，或許有風有雨、日昇日落，但外在景物的變遷改變不了他穩定的姿勢，或許他已跳出了時間的江流，也躍出了空間的極限。那種永恒的平靜，猶帶一抹超越時空的微笑，似乎還迴響著生命的餘聲。這時長老回頭站了起來，那一抹莊嚴又帶著慈祥與和藹。「天生聖人，佑我神邦，猗與盛哉，其道永傳。」他說話的聲音在平靜裏旋響著，像深山夜起的鐘聲，激盪著我的耳膜。

「你仔細地瞧著這個流露著慈祥與聖愛的面孔，他就是傳說中的曖丘耳神！」我久懸平生的猜疑與方纔的困惑，在刹那間得到解答。他繼續說：「你看！他的容貌是塵間的，但却洋溢著超凡的慧見與大愛。他精神的象徵，誠然富有太濃厚的神話色彩。但如將神話的面貌剔除，無知的族類會因他也是平凡的生物而失去信仰，他們需要神話的幻想作爲生活的安定力量。曖丘耳長老終於成神，這豈是他所願呢。但自另一方面說，他又豈是凡人，他流露的悲憫與聖愛，都宣告他的神，因爲神只是人懷著一種高尚的生活理想與愛的信仰。」他凝看著我，「你熱愛生命與眞理的誠摯，使我將你携來，但眞理究竟是什麼呢！我却無法將它定義了。我除了教你返自生命經驗本身，也教你多讀一些其他人的生命經驗。這一些斷碎石片，我稱爲『生命之石』，都是部落戰爭的會戰時期曖丘耳長老所領導的大遷徙時携來。上面留下了很多先民的開拓史蹟，都來自許多人臨死前的紀述，當然也包括曖丘耳長老的多次講道紀錄，這裏面同時也藏著部落戰爭的片斷紀實。在生命的黃昏之時，讓我引導你解開永生的謎語。」

四

他背著白岩的永生之光，照著古代的簡號開始敍說，我則揀著一些空白的石片用現在的符號將它紀述出來。這個工作持續了將近三十個陽光日終告完成。當我經過一番回顧，發現有三篇紀錄可以浮現我悲壯戰紀的史線脈絡，我們這族的成長與演變，繫於三個人身上，我決意再將它們經過摭拾與整理。

祭師篇

我名叫夏商，是族裏的祭師。據說我母親感虹懷孕，夜夢受驚生我。我出生的時候，額頭上隱約現有月形。那時天降洪水、地生鬼火，族落裏夜間哀嚎，族人相率離去。族人受日月托夢，說我是神靈之子，將賜福族人。族長受衆命，不得不命我爲祭師。

在我的血管裏，彷彿流著先知的寶血，我的語言彷彿就是神的意旨，因此我未經省識的任一抉擇，均將決定全族的命運。我從未意識到我的任何抉擇是不對的，因爲神靈支配著我的靈魂，神敎我領導全族尋向新生的境地。自我所流出的預示，神愛的召喚，將啓現全族的幸福。

自小我在族落中長大，每日在晨昏之時都要祈禱，向著日昇之地及日落之墟。當我在冥念經文的時候，我是如此的感動，彷彿已在神聖的祈示裏得到神魂的浸洗。我的感情隨著經文的節奏注入，四肢百骸都隨著韻律狂舞，五魂六魄俱攝入渺無邊際的幢幢魅影，我或是歇斯底里的吟哦，或是拔起淒嘯，那意謂著大地的精靈已附在我身上。族人紛紛俯跪在地，高呼「阿都拉斯」(神靈顯現)，他們的崇拜更加激起我失魂的熱情，在一場伴隨著咒文的跳神大舞後，我彷彿全身虛脫，汗如雨落，那種肢體脫節的虛脫神情，更使他們讚佩不疑。我見衆人俯跪在地，不斷叩首，也在自得的狂喜沖激之下，感到情酣意暢。只有我的魂靈才能接近眞神。

族裏的大事都先經由我裁決，因爲無論什麼事情神都會顯現徵象，我卽是徵象的發現者。我裁決的方法是經由占卜，我的情緒帶著幻想的羽翼，全身的細胞都激動地跳起熱舞，在通天的魔力下醺然陶醉，當我覺得意盡時，意念的飄浮剎那間靜止下來，我以近乎癡魔的神情宣佈神的旨意。神永遠是公平的，我的抉擇永不發生謬誤。我曾經公正的判決過幾個撒謊的人死刑，幾個貪小利的永遠放逐，有半數幸運的，卽使犯了重罪也被我赦免無罪，神意如此。

爲了表示對神愼重其事起見，我特意遵循流傳下來的儀式，讓族裏的戰士配戴我用五顏六色調製的假面，跳著大神的祭舞，象徵大神在混沌洪荒的征戰得勝，終於成了唯一的主宰。把戰爭形象化、舞蹈化，殘殺的部分皆成了象徵的幻影，力的凝聚、動感的畫面，滾成了族人開懷的喧嘩笑聲。我爲這祭舞的成功分外喜悅。在我幽渺的記憶當中，這類戰爭的遊戲最能使我遺懷，但尚覺得意猶未足，一次又一次的，我對戰爭更懷有無限的嚮往。在一個寧靜的無月之夜，星星也躲到雲的宮殿裏了，我舉行了一場特別盛大的跳神大舞儀式，藉著傾神醉懷的迷情，我斷斷續續地說出神話：「爲免你們……對生活付出……太多的生命與苦痛，你們將掀起……戰爭，用敵人的食糧使你們……得到溫飽，讓敵人辛勤的工作，因他的莊稼……將成爲你們腹中的慰藉，我眷愛……你們，要使……大地成爲你們無憂的樂園，讓一場刼殺……來到你們無邪的眼中，成爲你們天堂的希望……。」

我們這族開始了連年的征戰，藉著神的庇佑，我們戰無不勝，把一場場刼殺之後的悲慘和瘟疫帶給鄰近的族類，我們脚步所經之處成爲廢墟，爲我們帶來巨大的財富，有時我們覇佔他們的巢穴，享受他們珍藏的佳餚，藉神的憐惜，我們終免於辛勤的工作。我們開始以各種方式謳歌神聖的凱旋，當戰士把征塵的辛勞掛在背上，神終會流下喜悅的眼淚。我分享著勝利的花環與榮耀的冠冕，我彷彿已是神，在他們的謳歌的榮光裏。

燦爛的年華並未持久，曾受過神如此賜福的族人，如何竟因一次短暫的失敗就遺棄了神，那意謂著遺棄我的生命。族長帶領著戰士圍擁著，他們激紅著臉宣判我的噩運。昔日，我以我口宣佈別人的命運，今日我的命運却爲人主宰，前後的兩種心境竟成明顯的對比。難道他們竟不知道遺棄了神，神將賜族人無盡的懲罰，帶來瘟疫和殺戮嗎！可咀咒的？在他們激狂的洪笑裏，我已看到神的怒氣與干戈。但在臨死前的回想裏，我悲憫錯謬的一生，竟成崇拜的祭壇墮下，成爲狂人眼中的小丑。人竟如此小量，不容許神微小的錯誤，而或許這只是神的試探？呵！願那些殺戮神的，也遭到神的殺戮吧！我將祈不幸降臨不義的族人，因爲他們短暫不持久的信心，使我招致放血的噩運，讓我咒咀他們的鄙夷吧！

然而，若果神是全能的，爲何不免我於這場坳難呢。一生的忠誠，到頭來免不了悲哀的一死。我開始驚疑而憤怒，憤怒而發抖，若果神說有來生，但我滿眼只是瀕於虛無的幻影，我像枯草的命運卽將寂滅，我清楚的知道神不會接引我到永生之國，因爲此時我並無永生的喜悅。難道神只是我情緒的幻想，難道我一生的錯謬，在宣判別人命運的同時也宣判了自己的命運，是迷信帶來毀滅嗎。我不敢再想下去，我的手開始猛烈地顫抖，臨死前讓我這樣說吧，若是無神，而我在幻想裏假神意而爲世人帶來殺戮造成罪孽，就讓我到永遠陰黑的黃泉裏作靈魂的懺悔吧！

夏商絶筆

族長篇

祭師的時代已成過去。若果有神，神亦不會以說謊者爲代言人。因爲神淸楚的知道，那些戰績與功勳非是祭師的祈福，乃來自我的英勇。幾次凱旋榮歸，光榮總歸與祭師，憤恨與嫉妒燃燒著我，我默默地在族羣裏看他以虛傲的口吻敍說並讚美神的大德大能，我深深嫉恨族人對他欣賞的眼光。我乃是大地之王，不容有人在我的頭頂，我得揪他下來，摔到泥土裏。有了我，甚至不該有神。神的崇拜，由於羣衆的盲從和無知，我得敎他們的愚蠢認識我粗獷雄渾的象徵，才足能領導他們。英雄比神偉大。我在一次狂酣的祈禱後，默默作了決定，毒蛇般的殺機已爬上了我的眼瞳，我佯裝在一場戰役失敗，掀起羣衆的憤怒與不滿，在他們狂熱的騷動與不安裏，我看到祭師流血的死亡。我將把祭壇粉碎在英雄的脚下。

英雄的光榮終究比神的崇拜偉大。我滿身披滿了驕傲，我的大軍踩過了大地的版圖，在上面刻著我不朽的名字，我的精魂將與日月共壽。讓敵人的那些鄙視化爲我脚下的塵土吧！讓那些憤恨怨怒都化爲狂野的大笑吧！爲著偉大統一天下的理想，死亡與流血算不了什麼，祇要英雄的寶座能够樹立，再多的痛苦與犧牲也會得到應有的償付，因爲他們成就了王中之王。我得意地看著我血腥的脚步在塵間滾起驚雷。當我通過軍隊間時，我聽到歡呼的雷聲，我四面傲視的迴望，大地都是我的子民。我是神，凡不信仰我的，刀弓就要落在他們身上。

瘋狂的英雄主義，成為我千載英雄的寫照。瘋狂的本身就是美，英雄血液裏都有瘋狂的質素。我崇拜神話中的大力神，他喝醉了就載歌載舞，彷彿天地間只有一人，一直狂奔入黃沙裏去敵陣大肆酣殺，然後擒賊而歸，那是多麼剛猛的形象。我奉他為戰神，敎人尊崇他，以此作為英雄價值的標榜。但我也渺視這種個人的英雄氣概，大英雄的脚步應該是雷雨，話語應該是風暴。大力神死得多可笑！他却醉臥在鏖戰的沙場上，落了可悲的下場。我為著英雄的價值不被粉碎，我宣揚他的美名。我將成為比他更偉大的戰神。

我的驕狂使我面臨了大的危機，第一次會戰的勝利使一些怯懼的族落聚集起來對付我，一場濃濃的戰雲密佈在那邊的隴野上。我的族落經過連年征伐，征戰的風霜佈滿在他們的臉上，他們縱然被我岩石般的言語激發起昂揚的士氣，但他們也想起族內的那場瘟疫，正使婦孺陷於飢荒與毀滅的邊緣，而流露出懷鄉的痛苦與歸鄉的渴望。我以英雄睿智的眼神穿過他們哀傷的心房，在遙遠的地方為他們建立了理想樂園的形象。我告訴這些優秀的戰士，只要這次會戰勝利，就可以拯救全族苦難，共享勝利的歡聚。他們的熱情湧迸出來，鬪志高昂無比。一次，只要再一次的勝利，我將成就不朽的勳蹟，通過時間試金石的考驗，成為塵間不死的英雄，讓千千萬萬的世人景仰。我凝神捕捉著勝利的幻影，讓夢想戴上勝利的花環。

大戰前幾天，一個信差帶來一個遙遠的訊息，說族內現在反戰的氣息頗爲濃厚，一位名叫暖丘耳的長老正在散播和平思想的種籽，全族通過決議要求我停止征戰。一個插著令箭的屍體被吊懸在戰旗上。不戰者死。

大戰前日，我與哨軍長抵達前線觀察敵軍的陣壘，那時敵軍已次於隴野的丘地。我登丘遙望，敵營森森嚴嚴、密密麻麻地像亂潮一般佈滿陣地，幾族聯軍的氣勢着實駭人，我突起一場戰慄。哨軍長問我何事，我噤聲不語。

連夜我作著噩夢，一些陰影和鬼魂纏繞著我。驚聲騷動著軍部，我囈語不斷，虛弱得彷彿生了場大病。但我堅持不應休兵，因爲勝利屬於英雄，失敗歸給懦夫，不戰而走是怯懦的行爲，我英雄的氣質不能忍受如此。我既光榮而生，亦當榮耀而死。軍營裏一夜都是鬼哭神嚎，一種鬼魅的氣氛縈繞著，黑沉沉的夜色彷彿旋響著死亡幽靈的回音，我對明天的征戰感到猶疑和困惑。

連夜不少怯懦的戰士紛紛逃走，我自言自語的諷刺著這些戰士的膽怯。他們眞是無知，竟爲虛無的迷信征服。神未能讓祭師復活，這些徵象不過是偶然發生吧！與戰役有何牽連呢？走吧！這些魅影！不要把迷信與盲從的魔杖丟到我的勇士羣中，爲何不憐惜我這個垂暮的英雄呢？我遙夢中的盛名喲！

我一夜心事積壓心頭，懷著夜鬱在曠野裏踱著脚步，我望著營區，今昔的懷情以及古老半逝的夢想一齊湧上心頭。面對如此强大的聯軍，恐怕成敗已非英雄所能決定，我擔心我的戰蹟因我可能的失敗也將淹沒不傳，決心也紀述下來。明日的一戰將滿足我畢生的夢想。生還，我贏得英雄不朽的冠冕；戰死，我贏得驕傲。

呵！我一生為巨人竟怎樣在這一夜死亡的陰影下戰慄驚惶像個侏儒，請不要告訴我這是生命信念的薄弱，因為失敗的死亡多少令我不堪忍受。

在決戰的最後時刻，我將藉著小憩片刻積聚起最後的意志與精力，迎接歷史的一戰。

族長拿澤於二次會戰前記

先知篇

在這樣平靜無風的晚上，星星隔得很近，可以聽到我們向眞理求索的聲音。

歲月實在是不容情啊！在我的臉上彫刻了岩紋，我對你們講道竟如此久了，我已垂垂老矣。如我的話語會在你們心中被時間彫成銘言，那麼祝福你們。我所擔憂的是，你們只把我的話語當作寂寞時的慰藉。

我不是神，我的話未見得是眞理，那要在你們的思想與經驗深深丈量過。若你們只把我的講道當作心靈的寄托，我亦把我的話只當作一陣風聲，也還是值得的。

我帶領你們逃來這個地方，並非要使你們得到永生。因為塵歸塵，土歸土，從大地而來的終必回到大地。

你們呼我爲聖者、先知，或是長老，但那只是尋求眞理的面貌，我只是凡夫。我一再勸誡你們，要把你們的思想固植在泥土裏，思想亦當是有根的。

你們信奉眞理當至死不渝，寧願握著眞理而死，亦不要死在輕狂的刀劍下，除非你是要印證眞理。我們生命中已有太多的不幸，何必要加深殺戮呢？不要以你之不願加在別人身上，這是眞理生活的發端。

何必要殘殺同類呢？大地共享著草露與陽光。眞理敎我們要珍惜生命，因爲那只是一次短暫神奇的經驗，刹那歸於寂滅，故不要在生命中帶來毀滅與悲哀。

去吸食草根，以大地的根鬚爲糧，手裏握著刀劍的，也必爲刀劍所刑。帶著殺意的，流血要降臨他的身上。

今天，我平靜地立在貝南遠離塵瑣的平原上，感到你們聆聽的神情充滿著對眞理的渴望與願欲，在我生命垂暮的時光裏懷著無限的欣喜，亦對你們激渴的生命熱情充滿著憐愛。

我的記憶閃爍著一些迴光，反照著我年輕時的情景。我的出生，因著戰爭，被丟擲在荒涼的戰野裏，夾帶著蕭條與寂寞的感情，以及懷疑和憎厭。

我求索的心正如同我初生的眼淚，把野生的經驗在痛苦的眼淚中浸洗，成爲懷中的明珠。我沉默的忍受，帶來精神的豐收。

因之我懷有對生命的熱愛，正從我寂寞的人性而來。

我經歷太多的戰爭，親眼見到它帶來瘟疫和毀滅。許多婦孺的哭聲，迴盪在淒涼的戰壕裏，那些哀嚎叫你永生難以忘記。如何在生命的過程裏充滿死亡和哀弔而非喜悅呢？這令我懷疑和憎厭。

生命應當是創造，而不是毀滅。應當是新奇的發現，不是悲哀的哭泣。

祭師夏商在狂熱的情感中，夢見了神的微笑，却用虛無的情緒來代神立意。他該只是一個幻影，一個引起焚屠的、無知的侏儒。

拿澤族長或許曾爲這族帶來勝利，但那是鮮血和死亡映照出來的。殘存的戰士敍說他慘死的景象，生之呼喚鯁在喉頭，多麼殘酷的戰爭，一場戰慄的經驗。所有的屍體埋在荒煙蔓草裏淒然的吶喊，我也可以看到自焦土中伸出求索的枯手。

戰爭帶來了什麼。去時大軍綿亙，回來殘兵寥落。去時帶著祝勝的歡呼，回來的是死亡與哭泣。去時，他帶著自負的驕顏，却不見他背著勝利回來。在野蠻與殘忍的照耀下，我看到魔鬼的臉譜。

何必要戰爭呢？把對族人的愛也分給其他的族類吧！

在這塊土地上，我敎你們應辛勤的工作以換取生活的糧。我們歡愉的享受大地的豐賜，讚美著土地滲出的奶與蜜，我們亦當在靈的提升上努力的工作。

今夜，是多麼神奇與奧秘，讓我們共聚在此討論著生命。一種新奇感照耀著這塊講場，而你們的生命正在更新。你們煥發的靈魂終受著大地的洗滌，而趨近清純。

每人於生命的短暫彷彿是不知足的，你們曾詢問我永生的秘密。但永生是沒有秘密的，我亦終必老死。在生命的經驗裏充滿著神奇與奧幻，我那有餘暇追索生命之外的事呢？讓我們對它心存敬畏吧！

你們亦問我有沒有神。生命充滿了玄妙，的確應是有神的。我們應從眞理生活去認識神，因祂的大德大能還賦與我們新生。祂不神秘，却不易捉摸，讓我們對祂默爾而息吧！

讓我們都把靈魂的大門張開，欣悅的體驗每一瞬間的經驗，感覺著生命的流暢與甜美。你將籠罩著奇異的情覺，似乎已安詳平和的懷著永生的秘藏。在短暫的生命經驗裏，確實蘊有永生的秘藏。在短暫的生命經驗裏，確實蘊有永生的秘密。你們當求精神的永生。

我滿懷著愛意這樣眷憐你們，望你們以後亦當懷著愛意眷憐世人！我從你們的神情亦能看出你們恬和的心境，願它長保久遠。

夜靜更深，永生長明的巨岩垂立地凝視著，願你們心境和它一樣皎潔，我感覺微微的勞累，時間的潮流淌去了你我的青春，却淌不去你我心境永遠的純眞和誠摯。

在回家之前，讓我們在此作最後的祈禱，省察今日的生活是否心裏常懷對眞理生活的嚮往，然後帶著大家的祝福進入甜蜜的夢鄉。

門弟子謹記嗳丘耳長老講道文

五

當我紀述完，感動的淚影裏還浮現著莊嚴的景象。我看見曖丘耳先知聖嬰般純潔的微笑，閃映著「永生之光」，那慈顏將映在我的記憶裏。

我回過頭來，耶牟罕長老已在屍塚堆邊蜷臥，帶著滿足的微笑。他的言語曾是夜起的鐘聲，引導我的方向。而今當他擁抱眞理而死，他亦叩開了永生的大門。這羣先知在理想的夢土裏懷著永夢，而我太過豐富的感情初時竟然憐憫的悲祭他們，其實他們遠比我高明。我名之曰：「先知之塚」。

在族長拿澤臨死前的紀述，曾附載了多次戰役的實況，我已可以安心地完成我的戰史。至於二次會戰，結果是很明顯的。但戰紀於我已無關緊要。

眞理生命對於某些無知的人們，總像沒有確實目標，或許他們寧願輪迴在生活的掙扎裏才顯得充實。否則聖地貝南不應只活在神話裏，應該是我們的出生地。我們這族想是從聖地遷出的。但這眞相於我亦無關緊要。

我終於應證了我幾十年來探索的方向是無差謬的，神話傳說的確是先民探索生命的結果，但其幻美的本質常淹蓋了目的論，這是史實的變形，是事實經過理想的投射作用而成。生命鮮果大約就是經過此種投射作用。

但當我解開了生命的謎語，那困惑心頭一生的奧幻煙景，我已覺得那對生命實是椿無關緊要的事。生命的過程本身的確重要得多。這次獨特的經驗改變了我的餘生，我不再玄思生命以外的學問，我每天平靜的生活，將我見證的眞理傳揚給我所遇見的人，就像耶牟罕長老一般。我開始到處旅遊，亦要將生命之光，照耀著那些藏在黑暗裏的臉孔。

從搖籃到墳墓，多筆直的一條線段，精神之長可以將其延長爲射線。我開始熱愛過眞理的生活，不再爲生活的細節和瑣碎的常識和人激辯，因爲我知道對於自己的生命，還有一個更神聖的使命，怎能隨意浪擲掉有限的青春。

你看！永生的秘藏，就在我洋溢的愛裏。而愛的力量大約就像一陣春風吧！我竟遺忘了名字，叫我大風長老吧！

奪標

歐宗智

歐宗智，臺北人，一九五四年生，中國文化學院文藝組第七屆畢業。現任高職教師。著有長篇小說「仰望自己的天星」。

紀蘭睜開眼，了無睡意。其實昨夜也是半醒半睡，就像心上有條毛蟲蠕爬似的，始終未能入睡。

室內幽暗，灰濛濛的晨光由窗縫穿射進來，恰巧照在何景立沉睡的臉龐。昨晚景立有應酬，午夜才回。床邊小椅椅背七零八落的披掛著襯衫、領帶、西裝褲和襪子。

「景立。」

他沒醒，只是抿了抿嘴，拉被弓身，腦袋在枕頭左右磨動，找著滿意的位置，又鑽進夢鄉。

晨鳥叫鳴不絕，清晰異常，有如在取笑人的貪懶。鄰居的鬧鐘驀地急響，紀蘭竟被嚇一跳，不免忐忑地望床頭那只未上發條的小鬧鐘，公寓就是這樣，稍有聲響卽傳至左鄰右舍，像平常樓上的人走動的脚步聲就敎她聽得一清二楚。入夜寂靜，偶聞低微的步聲，心頭每每起毛，於是便會聯想到「午夜驚魂」之類的恐怖故事，心內一害怕，連景立晚歸的撳鈴聲也會誤當成兇手的催命鈴。

景立未醒，她便用手肘支撐，半側身子向著景立，推他肩膀，輕喚：「景立，景立。」

「幾點了?」景立恍如夢中，迷迷糊糊的說著夢話。

「不清楚，大約六點了吧?」

景立被叫醒，皺眉蹙額，緊閉雙眼，抱怨她：「大老早的，怎不好好睡?」說著大翻身，趴在床上。

紀蘭被奚落，心內難過一陣，索性豎起枕頭，坐起靠著，楞楞的望著牆，光溜的頸項有冷意，感到寂寞、孤單，還有些微的無助。景立老笑她胡思亂想，其實景立那知她苦等枯守的滋味。

她伸手撫弄景立彎曲的髮角，若有所思的又說：「景立。」

「嗯……」

「我有事向你講。」

「拜託妳，讓我睡好不好？」

「可是已經等了一整夜了，」她聲音瘖啞，聲調彷如壓抑不住，直想哭，極度不安的咬了咬手指頭：「一定要跟你說。」低頭拉扯睡衣。

「到底什麼事，一定要挑這時候。」他把枕頭對折，雙手環抱，下巴壓著，雙眼仍然緊閉，由於胸口緊壓，口張開，喘着換氣。

「你聽了不要生氣。」

「要講就快，我不生氣就是。」

「我——我——」給她機會，她反倒囁嚅起來，我了半天才吐出幾字：「又有了。」

「什麼！」他天靈有如被狠敲一記，驀地翻身坐直，對她瞪眼。

「你看你生氣了。」她害怕得像犯錯的小學生，低頭不敢看景立嚴厲的眼色。低低飲泣。

「多久了？」睏意全消。

「快一個月。」

他困惱，攤開手掌摀臉：「拿掉。」

紀蘭立即想起躺在堅冷的手術台那種孤單無依的感覺。當醫生接觸她，她刹時全身發毛，抖顫不止，心口疼痛，直想大叫，醫生輕拍她腿，安慰她說不要怕，不會痛。然而她咬緊牙關，依然清清楚楚感到金屬硬體在體內深入，緊接著世界瘋狂旋轉。不知多久，也不知流去多少冷汗，終於醫生手拿裝有血水的試管，晃了晃說：「小生命就在這裏。」她注視試管想哭却哭不出來，一身僅有大刼之後的疲憊。護士扶她走出房門，才覺空前的冷。望見景立迎上來，便毫無氣力的投到他安撫的臂彎裏傷心地哭泣。

「能不能留下來？」她愛小孩，有了小孩就同落水抓到救生圈一般，會覺得安全、保險一些，而且大夫警告她，再拿將傷身體，很危險。

「不行。」他斬釘截鐵，一如處理禁忌避諱之事，毫不考慮。

紀蘭緊偎景立，挽他胳膊，哀憐地看他，央求著：「求求你。」

「不已說過？我們不要小孩，妳答應的。」

的確答應的，當時只要和景立在一起就心滿意足，有無名份全不在乎。可是同學一個個結婚生子，未婚的紀蘭在一次更重過一次的壓力下，超然的心境早已改變。

她還想說，景立魚一樣滑入床，用絲被蒙臉，不想聽。任紀蘭怎麼叫怎麼搖他，均不理不應。

半晌，她感到沒趣，深深歎息，披上睡袍自行下床。

紀蘭離床後，景立重新坐立。由帘縫穿進來的陽光利箭般射在他眼，痛得他直擋眼，左躲右避。

廚房傳來炊具低微的碰撞聲，敲破沉默，但也像一聲聲抱怨與抗議，頗令景立難堪。紀蘭跟他二年，始終未向他要求什麼，只是婚姻實在是沉重的包袱；小孩出生便會帶來頭痛不堪的後遺症，如同絆脚石，會把生活攪亂得不可收拾，所以要小孩是絕不可能。景立想著想著躺不住，索性也摸下床。刷地拉開窗帘，陽光一股腦兒洩進屋，帶來一片甚至有點刺眼的明亮。臥房採鵝黃暖色調，陽光一灑，益發顯得溫暖。

景立穿妥衣服，紀蘭早已靜靜地坐在桌邊等候，她穿白底淡黃碎花睡袍，長髮往腦勺束成馬尾，拖在背後，未施脂粉，臉蛋光滑白淨。景立沿鋪有花格餐布的小方桌坐下，她遞來早報，他伸手接報那剎那，四目猝然相接，他說了聲謝，歉意地、尷尬地移開眼光。

他邊閱報邊吃早點，紀蘭未吃，楞楞的不知在想什麼。房中僅有景立翻動報紙及喝熱稀飯所發出的聲音，這聲音太輕微太寂寞，反顯得靜。

景立頭伸出早報，發覺紀蘭木木然瞧他，好似有某項陰謀正隱隱醞釀。

「怎麼了?」他不安的問，想明白究竟。

她垂首，玩弄手指。她不說話，反教他不放心。

「我會待妳更好。」

「那就讓我生下孩子。」她明知不易，但不放棄。

「不可能!」

他雷一般的吼聲，嚇住紀蘭，接着她嗚嗚抽泣。

「別這樣，不要把事情弄僵好不？」他於心不忍，伸手按住紀蘭白嫩的手背，安慰著。

紀蘭嬌小的身子因哭泣而抽動。她好恨自己鼓不起勇氣向景立爭取到底，這樣下去，她眞不知事情會變得如何，或許是悲劇收場也說不定。

她看桌面有張喜帖，燙金的雙喜字閃閃發亮，明知故問：「誰發的帖？」

「劉範明今天結婚。」

紀蘭噢了一聲，又沉默不語，想不出該如何啓齒。

「對，就是大學裏的老伙伴。」他漫不經心，就像稀鬆平常，沒什麼大不了。

「結婚……」她嘴裏喃喃，兩眼緊盯住景立問：「我們——」

「我們？」他莫名其妙。隨卽恍然大悟：「說過多少遍了還是不懂，我們這不也一樣？」

「這樣下去不是辦法呀！」

「不是辦法！那分手好了！」他幾乎失去理智，像頭被激怒的老虎，差點撲向紀蘭。

分手二字像利刄一樣直刺胸膛，紀蘭又拉衣袖擦腫紅的淚眼。

「告訴妳，不行就不行！」

他一如要擺脫久纏不去討厭的負擔，狠狠摔掉報紙，恨恨的往外走。出門時，回頭冷冷的朝猶坐在餐桌邊低泣的紀蘭丟下幾字：「晚上不必等我。」

紀蘭才抬頭，景立已砰的一聲出門去了。她彎腰撿起報紙摺好，內心萬分委屈，鼻頭湧上辛酸，便傷心地趴在桌上哭起來。

何景立抵達辦公室時，心情冷靜了，憤怒沉澱了，愈想愈覺對紀蘭太殘忍無情，太對不起良知。中午，他撥空打電話回家，鈴了半天，沒人接。原想道聲抱歉，雖紀蘭不接，但電話打了，心裏也就自在坦然得多。偏偏另一通電話，像把剛沉澱完畢的水缸猛攪一陣，又輕易地把他好不容易培養好的心情給弄糟。

「麻煩請何主任聽電話。」

是女孩子稚嫩未成熟的聲音，怪熟悉的。

「我就是。」

景立覺得背後有人，脚用勁把圓椅旋向背面，原來是位年輕的工人，站在吊台，動作很大的擦洗大樓外表的鋁窗。

「三哥，我是小梅。」

「嗨！什麼事！」

窗外的工人，嘴兒像在哼著歌，狀極輕鬆愉快。景立不明白爲何不能同這工人一樣無憂無慮。吊台隨著動作輕輕搖動，眞擔心此人失足掉下去，景立替這工人捏一把冷汗。

「爸媽要我告訴你，他們這禮拜天要到臺北找你。」

「爲什麼?」雖不知何事，已猜出八九。

「好像是與你終身大事有關。」

「哦。」果是爲此而來。雖是預料中事，心中却仍惴惴不安。冷氣嗡嗡地響，吵得景立好躁熱。

家中兄弟三人，只有他尙未成婚。眼見他三十出頭仍無結婚之意，父母未免著急，見面每每談及此事，一談必定不快。

「像你這年紀，我早做好幾任爸爸了。」

父親總是拿自己當榜樣。然後母親又會在旁添油加醋，雙管齊下：「要娶人家才好跟人家在一起，要不就不要浪費人家青春。」

「不愛的話，還可另外找，豈有不結婚之理?」

在父母車輪陣攻擊下，景立無法應付只好一味敷衍：「我自會處理。」

不快是難免的，可是父母那肯罷休?

「祝你順利。」小梅知道么哥心事，話中有話的笑說。

這像場長期爭戰，景立被迫參加，雖已厭倦疲累，却無法撤出，除非無條件投降，完全聽家人擺佈。順利?他苦笑。

掛上電話，洗窗的工人不見了，只見玻璃明亮發光，天空連一片雲也沒有，藍得好眩人。下午整個被這惱人的問題蠶食盡了。

下班前的點心是綠豆湯，景立想起紀蘭，她最愛吃清涼降火的綠豆湯。然而他對綠豆湯却一點胃口也沒有，只把浮在碗中的兩小塊冰撈起來，含在口裏，讓冰慢慢溶化。

何景立由口袋摸出燙金囍字的請帖。想不到高唱獨身主義的劉範明竟也結婚，眞是可喜可悲；喜的是立業成家，悲的是理想破滅，情願接受婚姻的枷鎖。景立嘆了口氣，不屑的把喜帖甩進抽屜。

舉辦喜宴的飯店位處中山北路，是高達十餘層的觀光大厦。時候尚早，景立便至附近閒逛。夕照染紅天邊，路邊與安全島上的四行翠綠，把高樓林立的中山北路點綴得詩意盎然。車水馬龍，紅磚道的行人反稀少得多。

一對髮絲花白的老夫婦手牽手由景立面前悠閒走過。老先生細心地陪伴老太太，停在高級飾品店觀看，手指指點點，不時面露微笑，交耳細語，提出建議；二人鶼鰈情深，那樣滿足，快樂。景立看了十分驚訝，記得他曾告訴逼他結婚的父母：「我會不快樂。」

「我和你媽結婚都快四十年了，你看我們什麼時候快樂了？」

「既不快樂，幹嘛結婚？」景立反問。

父母被問儍住了，半晌才呑呑吐吐的回答：「因爲這是責任。」

由此看來，除責任外，快樂或許是可能的，景立癡癡地望著走遠的老夫婦想。

「何景立！」

肩頭被指尖輕巧地點住。回頭看，竟是于汝鳳。景立吃了一驚，心頭刹時絞緊，但立刻又輕鬆起來。

「也來參加喜宴？」他舉止盡量自然，雖然眼前正是大學時代的伴侶。

「是啊！劉範明結婚眞教人意外。」于汝鳳打量何景立，西裝筆挺，寬邊絲領帶，皮鞋雪亮，嘴角依舊帶著一絲不在乎的笑意，成熟之中又有一分難以言喩的稚氣。「你的氣色很好。」

「那裏，妳漂亮了。」她皮膚淨白，淡淡的粧，頭髮往腦後梳成髻，淺綠白條襯衫，藍花長裙，腰桿顯得粗圓，他發覺于汝鳳比以前豐滿許多，非常「太太」，他忽然感到彼此星際般遙遠。

于汝鳳難爲情的笑，不禁臉紅；因景立以前老嫌她瘦，胸脯小。

汝鳳是在景立服役時結婚的，景立在金門聽見消息，一點也不驚訝，只是望向汪洋大海，心內有一絲悵然。

那個迷人的，屬於年輕的月夜，汝鳳和他並躺在校園柔軟如氈的草地，草地在月光星光下，像舖上層薄霧。高大的榕樹頂著星，宛如長頭髮的女子剪影，遠遠望向龐大的圖書館，每扇窗都洩出燈光，投入夜裏，像霧。耳畔有不規律的蟲鳴，有一陣沒一陣，世界變得不太眞實。二人胡亂聊著畢業將面臨的問題，汝鳳的臉龐在夜光下顯得嬌媚異常，那嘴的弧度尤美，景立怦然心動，未待她講完，便堵上唇去吻。

獲得喘息，汝鳳突發靈感，偏頭問他：「景立，我們是不是先訂婚，等你退役再結婚？」

「……」

「我願意跟你吃苦。」

他就知道會這樣，照理應該這樣，如同不變的模式，人總要百般牽就去套合它。可是他不願被牽著鼻子走，也不願欺騙她：「我從未想到結婚，更別說訂婚。」

她未料被拒，有如受到莫大屈辱，臉色變得蒼白，在月光下有點發青，怕人，緊緊追問：「不愛我？」

「愛。只是我覺得結婚沒必要，重要的是兩人生活在一起，不靠婚姻形式來拴住對方才是眞愛。」

「你這是什麼歪調？」

就這樣，他原是愛她，但她認爲自己是受欺騙了，於是在這場互不相讓的爭執之後憤憤離去。他在校園躺了一夜，看一夜星星，直到星稀天明，還不明白是否愛她？

「結婚沒？」她記得景立說過不願結婚。不知時間有否令他改變初衷。

他搖頭，苦笑；高傲之中隱隱有一絲挫敗的感覺。

「先生呢？怎沒一道來？」

「他另有應酬，」汝鳳滿意自己及時下賊船的抉擇，面露些微得意：「他目前主持一家室內設計公司。」

景立哦的一聲，像嚥下黃蓮似的，又一臉苦笑。

「小芬，叫伯伯。」汝鳳手溫柔地搭在身邊的小女孩肩膀。

小芬的眼、耳、嘴像極汝鳳，尤其那眸子，水汪汪，似兩池如鏡清水。惟鼻樑短小，該是得自父親的遺傳。

「叫叔叔好了。」景立伸手輕輕拍小芬豐圓的面頰，憶起撫摸汝鳳粉頰的感覺，很粉很細膩很柔軟。

小芬害羞的拉住媽媽的手，半躲在身後，怯生生的：「叔……叔。」

「嗯，好乖，多大了？」

「三歲。」

要是汝鳳是自己妻子，那這小孩豈不……景立忽然想，紀蘭肚裏那未滿一月的小血肉要長大了，會像誰？想這幹啥？反正要拿掉，眞是——景立不明白自己怎會有如此荒謬的想法。

天色已晚，他們往回走。怕刺疼舊創，路上儘談同學間無關痛癢的小事，緘口不講純屬兩人的往事。來到餐廳已人聲鼎沸。兩位身穿落地連身橘紅長裙的服務小姐上前引導他們。

餐廳周圍牆壁採紅絨裝潢，前頭高懸一大張燙金紙，上面有百元大鈔排貼成的大囍字，喜氣洋洋。于汝鳳才簽名，和小芬卽被女同學拉走。何景立則為上前寒暄招呼的老戰友推擁至足球隊員桌。

都是夫夫妻妻，結婚的人有結了婚的話題，何景立言談被阻隔，一人很覺落寞，邊嗑瓜子邊觀察，以前特屬運動健將的肌肉消失了，代之而起的是充滿脂肪的肚皮，像胖子就更胖，更幽默了，但那種家庭笑話敎景立笑得好勉强，臉上的笑容有若隨時會掉下來一樣，不若以前下了球賽，大夥兒搶著大蓋特蓋的那種暢懷大笑。

宴席因客人未到齊，延後半個多鐘頭。景立陪笑敷衍，吃來乏味極了，胖子注意到了，便找些球隊的舊事跟景立聊。景立明白胖子的苦心，不好敎他失望，就盡量輕鬆。

一陣嘩然，新郎新娘敬酒。

劉範明臉紅得像過五關斬六將的關公，笑得好得意。著粉紅長紗白裏禮服的新娘小鳥依人。

大夥站起來同乾一杯。

「親一個，親一個！」起哄了。

「不行啊，這麼多人。」劉範明遲疑不已。新娘頭像有千斤重，垂得不能再低。

「不可賴皮，要不然大家代劉範明執行任務。」

劉範明拗不過，輕輕偏首，被新娘厭惡地推開，折磨半天，劉範明終於當衆一親新娘芳澤，全場爆出如雷掌聲，新娘羞得不知該往那兒躱才好。

「我鄭重宣佈結束光棍生涯，告別無根生活。」劉範明摟住新娘細腰。大家又乾一杯。

胖子至櫃台將錦標取來。錦標是只金盃。

「現本人謹以勇士足球隊隊長身份，代表本隊將錦標移交劉範明。」胖子說。

爆出一陣歡呼。劉範明高舉閃亮的盃，像紐約港口那勝利女神。景立望著錦標，不禁恍惚……

正午的太陽毒辣，汗水濡溼一身。冠亞軍總決賽，雙方不敢掉以輕心，零比零，僵持不下。啦啦隊拚命嘶喊，氣氛緊張萬分。距終場只剩二分鐘，胖子攔截到球，忽然大脚吊至前線，他火速上前接應，一串假動作，盤球騙過對方强壯高大的後衛，觀衆站立大叫，跟瘋了一樣。他快速運球至球門前約十五碼處，球門員已棄門撲出，他卽刻判斷，大脚勁射，皮球應聲入網，全場歡聲雷動，大夥兒熱情地抬起他，將他拋向空中……

那次是在大三，班上自組勇士足球隊，代表經濟系勇奪全校足球總冠軍，賽後議定，將來誰先結婚，誰就先保管金盃，鐫上姓名日期；等到又有同學結婚，隨卽移交，依此類推，由最後一名取得永久保有權，範明是倒數第二。

「本想爭取錦標，未料老何耐力更夠，撐得更久，眞是路遙知馬力，日久見人心，」劉範明意味深長的瞟何景立一眼，問：「你說是不？」

像在暗示什麼似的。劉範明堅決獨身，人人皆知。現在這麼說，衆人大笑，眼光卽移向景立。景立只覺困窘，臉上擠出的笑容有如僵硬了一般。

「來！大家敬何景立一杯，祝早日奪錦標！」

景立聽了非常尷尬，彆扭與鬱悶。錦標？去他的。他心裏咒著，猛灌酒。

散席，景立已醉醺醺，胖子爲他攔一輛車，讓他一人坐回家，夜風灌進車窗，他肚子飽脹難受，一嘔就吐得一身酒臭。吐後雖有點虛脫，但已清醒不少。回到家，好不容易登上三樓，揿門鈴，未應。掏出鑰匙開門，屋內一片漆黑，摸了半天，扭開燈，脫掉皮鞋，除去領帶，躺在沙發。

「紀蘭，紀蘭。」

沒應聲，難道睡了？通常該會等到他回來才對。景立感到不妥，衝進臥房，床舖空空，床單未動過，像熨過一般，無半絲皺紋。他頹坐床緣，像隻洩氣的皮球。人呢？他迷惑地瞧圓形梳粧鏡中的自己。

梳粧台的紙條，用蜜絲佛陀唇膏壓著，紙張已起縐，是掉落在上頭的淚水乾了的緣故。景立拿起字條，抖顫雙手，迫不及待的讀：

「景立：我走了，為留下孩子，不得不離開你，這麼做你一定不會原諒我，但請原諒我對你的愛。紀蘭留。」

他不肯相信的讀了又讀，紀蘭的形像清晰的在眼前昇起。她挺著大肚子立在風中，憔悴，散亂長髮，哭聲悽厲如刀割。景立心內一陣難過，趴在梳粧台，手指痛苦的陷入頭髮。落地窗外灌進冷風，他打個哆嗦，抬起臉恰巧望見鏡中雙眼含淚，十分狼狽的自己：「你錯得不可原諒，知道嗎？」

景立把擺在梳粧台邊的紀蘭的照片愛憐地捧在手裏端詳，拭去眼淚，對照片上淡淡的微笑自言自語：「不論妳在何方，也要接妳回來，那錦標我是拿定了。」

戀愛男孩

呂石練

呂石練，臺灣省人，現就讀中國文化大學文藝組四年級，第二屆行列小說獎得主。

天健雙手捧着禮盒，滿臉通紅地快步走出商店，店裏的老闆猶在他的身後嘀咕着。陽光朗照着他眼前的天地，把那一塊塊露出路面的柏油，曬得軟融融的，讓行人給踏出無數凌亂的鞋印。天氣熱得他額頭直淌汗。

——買兩包瓜子有什麼好神氣，叫人這樣那樣的給你包裝，拉扯個老半天，生意都不用做啦！您先生自個說，未免太那個……窮磨人嘛。

——你少說兩句行不行？好歹人家也是個顧客，你照着話去做就是了，嚕嗦個什麼勁？……

眞是！

還是老闆娘比較會做人，他想。「不過，這也怪不得人，老闆哪會知道我這兩包瓜子含意有多大呢？」

才一進校門，便見着幾個校工，頭頂着太陽，正在彎腰打掃園裏各路小徑。那草坪上一片綠油油，眞無一些塵土。老工人手裏拎着個籮筐，悠閒的俯拾着那叢杜鵑下片片的落花。

「有花堪折直需折，莫待無花空折枝！」他發覺枝頭的花瓣幾已落盡，心裏甚是惆悵。

天健這才感到時節的可怨，怎麼就要把自己逼出校門了！誰稀罕那一身的學士服，那一紙蓋着大紅印章的文憑？他只希望在這無憂無慮的天地，多賴些時日，好比那翅膀剛長硬的鳥兒，很不情願離開舒服的窩巢，却無理由地被迫出巢學飛一樣。

「博士，到這裏來坐一會吧，別讓天氣熱壞了你！」阿保在那棵枝葉蔽天的松樹下，向他招手。

天健依着他的話，三步併兩步的走過去，坐上另一座雕着細花的大理石圓墩。

「送給女朋友的？」阿保看着他放在石桌上的紙盒，一臉玩笑的問。

天健的臉便又紅得像塊緞帶，支支吾吾地應着。阿保也不再細加追問，却直截了當地說道：

「女孩子有什麼好可怕的？看你一提起她們，就像煮熟的蝦子似的，臉紅脖子粗，註定你三輩子也娶不到老婆！」

「誰說的，我……」

「好啦，不用說了，你要說的話我都知道，還不是那套以學業爲重，女人次之的長篇大論，就是現在勸動你，改變你的觀念，我看也沒什麼用，過幾天就要畢業了，一見鍾情的事輪不到你頭上，而且愛情嘛，需得時間的培養……我看，你已鐵定修不到愛情學分了！」

「我只是不願把愛情當作是一種遊戲，像……」

「像什麼？」

天健很想說：「像你們這樣天天在追女孩子，却把它當作是一種樂趣，實在是感情的破產！」

「沒有什麼！」他把溜到嘴邊的話又吞下肚去，不過心裏總是感到很不舒暢，像是那個肩着地球的希臘神。

阿保很同情似的，作一聲深長的嘆息，甚且用憐憫的眼光看着天健，就像是面對着一個垂死掙扎中的病人，一時變得無話可說，彷彿感到世間所有的不幸都掉落在這個可憐人的身上。

天健發覺到兩人心靈眞無法溝通，好比半杯的水和半杯的汽油，雖是倒在一起，總是隔着一層。阿保和自己的思想恰像是沙漠中兩條距離遙遠的小河流，難以滙聚；自己雖有滿肚子的話，無奈何找不到傾訴的對象。他索性閉起眼來默想。

「該走啦——」阿保霍地站起來。「還有個約會，必需到女生宿舍去一趟，你自個兒坐一會，不陪了！」

天健坐着一動也不動，像一段呆木頭，尙不如一座栩栩如生的蠟像。而略略抬起的眼皮旋卽合上，彷彿相機裏的軟片，已自咔嚓按下的快門得到感光，便再也見不得亮光似的深藏在黑暗中，他這時的心情便是這樣。宛如每個人都對不起他，又似乎是他對不起任何人，恨不得能使自已隔絕在另一個空間裏。

「坐着也是坐着，何不去女生宿舍找個女孩子聊聊天——」走不多遠的阿保，忽又轉身很憐惜似的叮囑他幾句，恰像正欲出門摸幾圈的父母對待着孩子。

「我正是要到女生宿舍去呀！」他心裏說。事實上，這也並非是他第一次想上女生宿舍。打從大一開始，喜歡上那個默默的女孩後，他便無時無刻不想去「站崗」。但另一種潛意識却又緊緊壓迫着他，頭一宗他以爲自己讀文科，將來的出路實在是毫無把握；其次他想到父母望子成龍的心理，期待自己日後能出人頭地，學業是事業的基礎，怎可爲了談戀愛而浪費用功的時間？天健又是個自卑感很重的人，老是覺得自己一無是處，比不上別人，壓根兒就沒信心交個女朋友。

這種種的理由，彷彿冬日無形的寒威侵襲着他，使他不得不裹上一層層的衣物，緊緊的防衛住自己。但愛情之箭旣已射中了他，心底便滾起一道熱來，好比一個患了瘧疾的人，體內發着夏天的熱度，體外却一片冰天雪地似的嚴寒。他的心便一忽兒發冷，一忽兒發熱；熱的時候，便發起一股勁，決心次日上課前去與她攀談。但到了第二天，剩下的餘威便有如傍晚的落日，能造得出一片好晚霞，却沒有了白天的熱力。要是心冷下來時，便覺得自己克制住了一個最偉大的誘惑，終於避免落入愛情的圈套，這時雖想到自己又喪失了一個接近的機會，痛苦的心却又會發起苦笑來。

他猶豫不定的心，就如同夏天路上，在行軍中全副武裝的軍人，一步步旣艱難又痛苦的走着。這樣的快走完四年，他未曾再和她講過第二次話。但兩人又似乎都同時明瞭對方的心意似的，別人雖然感覺不出任何癥候，兩人却感到無時無刻不在受對方的監視中，一方無意中的一瞥，另一位便要驚恐半天。這可比喻作一幅「隨時隨地注意匪諜」的圖畫，邊上一個半身的男童，眼光成一虛線，緊盯着匪諜的後背，那心虛的匪諜，便斜着眼，露出一股猜忌、疑惑的眼神。天健和她的情形恰像如此。

直到校園裏已醞釀出畢業前夕依依難捨的氣氛，他才頓悟似的驚覺，感到自己雖有着獅豹的雄心，却塡塞着綿羊般的怯懦。所有他找到的理由和藉口只是用來支持和掩飾自己的軟弱，好比賭輸的人以運氣不佳爲藉口一樣。他在極度不安中，懊悔了十幾天。

最後，他想到宿舍去找她，却不知該與她談些什麼才好，彷彿男女之間，理所當然的需築起一堵圍牆，嚴防彼此的接近似的。他因此廢寢忘食的思索着，找尋一個可以去找她的理由。

他想到同學四年，很可以送點紀念品，但轉而一想，說不定她會把這東西擲在角落裏，讓他的一片心意，蒼凉地躺在那地方，與塵埃同腐朽，他決計打消這念頭。送禮要實惠，請吃飯太露骨，不如送點他愛吃的東西——他想。「就這麼辦，只不知她喜歡些什麼！」

這樣過了多天，他總是呆坐着，痴痴的想，直如一個入定的僧人。他的朋友們却認爲是正常現象，他們說就要畢業了，走出校門還是落單一個，不免要愁緒萬端。這話傳入天健耳裏，他更坐着一句話也不說，有如一塊呆石頭，又彷彿要與天地萬物合而爲一。他那修剪齊整的頭髮，似乎又白了幾根、掉了幾根。眼觀鼻，鼻觀心，他總是坐着尋思……。

「小芸，我想——」

「想什麼？」

「我……喔……什麼？」

「有什麼事乾脆點說好嗎，虧你還是個大男人呢。」

「是是——只是……要是……不是不是，那是——」

「是是是，是你的頭！……哼！」

小芸用力把頭一甩，扭身便走，一雙高跟鞋重重地踩着地面，宛如每一步踏的都是天健的肉體。天健彷彿感覺到她正一步步的把自己踩入地裏去，就像是在釘一根木樁一樣。他的身子便漸漸往下沉……。直到眼睛幾乎再不能見到她時，突然一個魁梧的男人，迎面在她的身旁停住，伸出有滾蛋般肌肉的手臂，緊摟住她那纖細的柳腰。天健感到肚裏升起一股無名火，燒得他七竅生煙，四肢抖顫，便不顧一切的大叫一聲，兩步作一步的從後頭追上去。

「喂，你給我站住——」

「你在對誰說話？」

「你！——就是你！」

「我？你——你老兄看錯人了吧，我不認得你。」

「少廢話，兩條路給你走，要命就趕快滾蛋，否則……就揍扁你！」

「喝，你當我是什麼人，敢對我講這種話，不給你點顏色瞧瞧，你還以爲我是怕你呢！」

「說的好，有種的就放馬過來——」

「要打架？憑你？也不看看自己是塊什麼料……」

「天健，你瘋啦！」小芸站在路旁，無事人一般；帶着很關切而又近乎是幸災樂禍的語氣說。

「瘋？誰瘋啦，你等着瞧吧！」天健宛若是隻熟睡的獅子被吵醒一般，暴跳如雷，瞪着面前那個大塊頭，恨不得跳過去一下就把他撕裂，生吞活剝吃下肚裏去。

「小芸，你站開點，讓我來教訓教訓這惙小子！」

「什麼？你敢取笑我，你這四肢發達，頭腦簡單的蠢傢伙，看我今天讓你吃不完還兜着走！」天健的怒氣，就像是冬天火燒枯樹林，偏又平地裏刮起陣陣北風一樣，助長了無限的火焰，火苗起處便再也無法消滅。

「好，有種！」四週漸漸圍上一圈看熱鬧的路人，天健的狠話，博得衆人如雷的喊聲，似乎是讚賞，又似乎是在揶揄他。

「這裏人多，似乎不大方便……」大塊頭用手抓着頭髮，囁嚅地說。

「管你那麼多……誰强誰出頭……」

「這可是你自找的，不能怪我不客氣……你眞的要和我來幹一下？」

「不敢留下的不是人——」

兩個人相互怒視了一陣，都不搶先出手，好像兩隻賭博場中對峙的鬪鷄。但隔不多久，終於都同時出手了，四隻手相互扭住對方的領子，就如同都抓着了小辮子一般地順溜，便誰也不放鬆。兩雙脚移動着，如四脚動物似的打着轉，又彷彿一根在羅盤上輕靈跳動的指針。

這樣經過許久，兩人便像兩隻抵着頭，在相互鬪角的公牛一樣，漸漸感到乏力而又無聊，比不得啃那青嫩的草有趣，便都有氣無力的推拖着，恨不得馬上跳開到一邊。

「你們不用再打了——」小芸忿忿的跺着脚，一臉鄙夷之色。「眞像兩個活寶貝，……沒出息！

「我要走啦——，我可沒有閒工夫看着你們耍寶！」她以一種最高頻率的腔調，幾乎是尖叫的喊着。

這兩句話果然大有效果，兩個人便像溺在水中掙扎逃生一樣，拼全力的緊抓牢手裏握的東西死也不肯放。一時間都動了眞氣，場中呈現出緊張的氣氛。兩人濁重的氣喘聲和詛咒聲，即時釘牢了小芸的雙脚。

「矮小子，你纏人的功夫實在上道——」

「好小子，你這把軟骨頭也果然厲害！」

「哼、哼，可比不上你這吃稀飯長大的傢伙！」

「你、你……喔，你是喝米漿活過來的，怪不得骨頭特別軟！」

「豈有此理，你簡直吸奶毛頭……乳臭未乾……」

「…………」

「…………」

「唉！」人羣中發出一聲嘆息；似乎是在悲歎這一代的年輕人，動不動就是要以暴力解決問題，又似乎在惋惜這場架實在打得太不精彩，站得兩脚都發麻了，仍看不到好戲上演。於是隨着這聲嘆息，開始有人陸續的離去，但他們走後的空位，馬上又由過路的人塡補上，所以還總是圍着一圈鐵密的人牆。而那些堅持不走的人，大有與天地同腐朽之意。

「劍來——」天健不知聽了大塊頭哪句話，突然眞的發起火了。一陣龍吟鳳鳴，嗆啷之聲不絕於耳，一把透靑的劍便從虛無裏破空而來，直落他的手上。那樣的神奇變化，好像那劍本就長在他手上似的。

「喝，刀！」大塊頭的威風也不相上下。地面便揷着一把白閃閃的武士刀，尙在不停的幌動着，彷彿一條把頭探出地面的蚯蚓，好奇的環視這奇怪的世界。

「去死吧——」天健趁着大塊頭正在彎腰拔刀，一劍便砍出去。好一片劍光，如同倒流的瀑布，夾着山崩海嘯的氣勢，奔湧而出。霎時又像無數個會響的風箏，在高空中嘶鳴着。

咔嚓一聲響，那顆落地的頭臚，便一路灑着血，直滾向天健的脚邊。

「啊——」羣衆開始大聲驚呼，又似乎在喝彩。

「小芸！」天健突然轉過身來，手中依舊提着那把劍。「小芸，」他格外安靜的注視着她，說得極其和緩：「小芸，你現在該明白了吧！……我可以爲你做任何事，任何事，甚至不惜殺人！——你看看，這顆醜陋的頭臚，他……他竟也想來親近你，可是現在，他永遠躺在這裏了，不能動了……小芸，你知道嗎？我這顆心，還有整個身體，也都是屬於你的……」

小芸早被嚇得魂迷魄失，容顏無色，只是睜着眼，呆若木鷄的看着天健；她的軀體毫無動靜的站着，直如一棵生根的植物。

「小芸，」天健朝前走上兩步，停在她面前。「小芸，你難道不相信我的話嗎？……好，我做給你看——」

嘶的一聲，如裂帛一般，他已連着衣服在胸前劃開一道長長的口子。隨卽抛掉長劍，探手自剖開的胸膛抓出那顆血淋淋、尙在跳動的心；接着身子往前一挫，便跪倒在她的跟前。他雙手捧着心，仰視着她那嚇得蒼白的臉龐，用一種男人最豪壯的聲調，緩慢而有力的說道：

「我把我這顆心獻給你——」

小芸先無動靜，繼而開始抖顫；良久，方才石破天驚的尖叫出聲：

「救命啊——」

「小芸——」

天健一臉悲慘的苦笑着，注視着小芸飛奔而揚起的衣角，胸口這才大量湧出鮮血，身體僵硬的往後倒下……。羣衆的喧嚷聲。

……………

滿眼飛樓挿空，隱在低坳綠樹之間；金黃的窗檻與翠綠琉璃瓦在陽光中閃着耀人的光輝。才一睜開眼，天健便感到這週圍的事物都是好的，美麗而祥靜，至於可親了。先前天天在此待過，可是就沒感着這些，彷彿人在失去所屬的東西後，才能感到實際擁有過一般。現在要畢業了，便忽然憐惜起這裏的一切！

做夢何嘗不是如此，在夢中不曾想到自己是在做夢，直到夢醒後，才能仔細而冷靜地，有意識的尋思記憶中的片段；但夢境裏的一切，總是很飄渺的，却又似乎在眼前發生過一般，令人無可捉摸。天健便面臨著這樣一個愛做夢的年齡，夜晚夢，白天也夢；無事時，他便老愛思索著夢裏的一切，彷彿那便是他生活中的一部份了。

他甚至於分不清哪一部份是以前眞實的生活過的；夢和日常的生活總是在他思想裏，過份親密的糾纏著，分扯不清。他回想昨日，自己坐在書桌前，正絞盡腦汁的想著，要買什麼東西送給小芸，然後……，喝，那一把天外飛來的劍，那個該死的大塊頭，自己滾熱冒氣的心，人羣的熙攘聲……一幕又一幕的，明白的呈現在眼前，但想仔細去思辨，又似乎模糊了，宛若那是前輩子的事了！

他回想夢中自己的勇敢，彷彿那才是眞正的自己。他自己在理智清醒時，爲何就做不到那樁令人可意的事。——用雙手捧著心，把自己對小芸的情愛，袒露在她的面前。那是多麼淒美而感人的一幅畫面，但是對於一個有思想的人，那確乎是做不得的。

「啊、啊——老天！我的理智已埋葬了我潛在的勇敢，而我的思想也在加深著我的怯儒，我……哎，我比不上一個無知識的人！

「但是——，難道勇敢的人都是沒有理智，沒有思想的靈魂？……不、不，不是這樣——「這眞是個錯誤……」他想到自己實在不該用理智來掩飾本身的懦弱，「沒有理智的勇敢，不就形成了動物的殘暴嗎？……大勇和小勇……哎，世間的道理眞難以明白！」

他翻視著自己纖細的手掌，以爲這便是軟弱的象徵，它的蒼白就像是女人受驚嚇後的嘴唇。「唉！」他無可奈何的感嘆著，拾起一片掉落在石桌上的樹葉，兩手把玩著，好像他捏的，便是小芸那雙白淨光潔的手。

他不好意思的笑起來了，彷彿這些都是不可救藥的邪惡的思想。他用力把手中的樹葉扔出去，那枯黃的松葉便在陽光下滴溜溜的打轉，輕巧地落在草葉上。草坪正在綠著。

他隨即小心地捧起石桌上的盒子，很仔細的審視著上面那朵緞帶的玫瑰花，仔細得就像生怕上面會黏有一條花蟲似的。「瓜子呵，希望你能把我的一片心意傳達給小芸！嘿，這樣也就不枉我唸大學四年了！」他想著，盒面上出現了小芸的倩影……

她那兩根手指，如同兩隻斯文的大白鵝——天健出神的想——看，牠們正在母鵝前，極有禮貌似的，不斷的鞠著頭，訴說兩性間的情愛；當牠的長頸俯下時，便從溪流中很精確地銜起一尾小魚，然後慢慢的抬起頭，遞向母鵝的唇邊；母鵝輕輕的啄著，慢條斯理的咬幾口後才吞下。她嗑瓜子的姿態竟是那樣的美妙，天健忍不住像一塊木塊的呆視著。

她那像湖水一樣清透而寧靜的臉龐，突然轉過這面來，對他輕輕地展現出微笑，就如同一片脫離枝幹的樹葉，飄忽忽的掉落在如鏡的水面一樣，一圈圈細微的水紋便往外擴散。天健這才彷彿了悟到自然界那種「靜」的藝術，和它的神秘，和偉大，至於陶醉了。他只覺得那一眼和笑，已把他全身的肉和骨消蝕去，只剩下那顆心還在猛烈而加速地跳動著。

「怎麼了，吳天健，……呆啦？」

「喔、喔，沒什麼，方明保，我在想……」

「想什麼想得那樣出神？像個木頭人似的！」

「你不知道——」

「廢話！」

「哎、哎，請別那樣瞪我，我是說——。嘿，不知道你是否神通廣大，班上同學你認識多少啦？」

「哦，是這碼事？不是我吹牛，我——怎麼，你找到獵物啦？」

「呵，你想到哪去了，我只不過是想趁著迎新時，多認識幾個同學，將來路上碰著也好打招呼，絕無其它企圖，你可別對外廣播！」

「你緊張什麼勁，跟你逗著玩的！喝，看你，才一開口就擺出那種新鮮人的土樣，好像剛從牢裏被放出來似的！」

「眞的嗎？」

「騙你的就不是我方明保！」

「喔、喔，眞想不到我是那樣蠢！——以後還是少開口爲妙！」

「不，我可不是叫你不要講話——」

「先不談這些……喏，我們這排最旁邊那個——」

「那是二年級的學姊，江南美人王雪珠，據說她的祖籍便在江蘇。」

「嗯，眞有你的！再看，穿紅衣那個你認識嗎？」

「不認識。」

「可惜！——另外那個呢？很像是我們班的呀！」

「哼，我們那位可眞是石美人哪！——嘿！和你這個木頭人可眞是一對，嗯、嗯……，可是提起她就有氣！」

「她嗑瓜子的姿勢煞是好看！」

「不錯，你說的對，據說她沒有什麼嗜好，就是喜歡在閒時嗑瓜子，——這倒和她那瓜子臉有些相稱！」

「看起來好像很文靜！」

「那當然，不然我們怎會稱她石美人？實在很難親近！可是神秘的女人，吸引力往往比較大，近來她已經成爲全班男生討論的對象！——因爲大家都喜歡自我陶醉，男人希望成爲每個女人心目中的偶像、追求的目標，而女人却想征服每個男人！」

「不盡然吧！」

「像你這樣的木頭人除外！——大概是缺少男性荷爾蒙吧！」

「你忘了……，她叫？」

「她叫邊小芸。」

……

太陽曬著，蟬在鳴著；下課的鐘聲又響了，吵雜的聲浪在空氣中震盪著。路上少人行走。

……小芸正悶坐在寢室裏，忽然有女同學敲門，替她轉送來一個繫著緞帶的禮盒子，她欣喜的捧到床上，然後緩緩的拆開……。天健背手踱著，依著合理的邏輯推想。

盒子一打開，她便給楞住了，那是兩包她所最喜歡的醬油瓜子。「小芸一定會高興的把它抱在胸前，然後親吻著……」天健喜得幾乎喊出來。

接著，小芸便發現盒裏那張卡片，上面寫著：

小芸：

願盒裏的每一顆瓜子，都足以象徵我所能想到的一切——那些我朝夕想要對你傾吐的言語，帶給你以無限的幸福和美夢……。

——盼望你能收下這份畢業前的贈禮。吳天健。

她的芳心大爲感動，取下那朶別在盒面上的緞帶花，連連的吻著。「然後，她又會想到瓜子是代表些什麼意義——」天健繼續猜想著。

「首先，她會想到，每個瓜子所包藏的，都是一顆顆包含無限情意，而且在熱情跳動的心；然後，她又會想，一包是代表對方的心，一包是藏著自己的心！這是期望兩人心心相印，甚至心連心！」

「至於瓜子本身，它本就有圓滿之意，這象徵兩人將來會有圓滿的結果，而且事事圓滿解決！

「最後，如果她稍微用一點心思，她就不難聯想到『種瓜得瓜』的道理。——她需要回贈一件禮物！說不定在意亂情迷的當兒，打開抽屜，竟會不小心拿出別個男孩送的東西，作爲回禮——。但，那又有什麼關係，只要是她送的，能代表她的心意就够了！……」天健心裏充滿一股暖流，像在炎陽下縱身跳入水裏一般的舒暢。

「可是——，怎麼等這麼久了，還沒有一點消息呢？」天健開始轉喜爲憂。「該不會她拒絕我的一片誠意吧——，但總會有一點表示，或者乾脆把禮物退還給我啊！……實在想不透，難道她眞的會把我送的瓜子，丢到垃圾桶裏，看也不看一眼？不——，我想小芸不會這樣的，可是——到底是怎麼一回事呢？」

微風携動浮雲緩緩的飄著，太陽半隱半現。萬物都似乎靜止不動了，只有天健在女生宿舍門口，焦急的踱著，汗如雨下。

轉眼已經時近正午，宿舍裏的女生陸續的走出來，到校外去用餐。開始有人注意到天健，他確實在門口站得太久了。聽她們三三兩兩的議論著：那個人整天站在門口等誰呀？眞是個怪人！

「咦！小芸——」天健彷彿水中抓著了一塊浮木。

那被叫的女孩楞了一下，隨卽露出貝齒笑著：「你是在叫我？對不起，我不叫小芸，你認錯人了！」

「噢……對不起……哎……」

偏西的太陽偶爾從雲端探出臉來，窺視大地一眼。早上出門的女生，像候鳥似的，帶著一身的疲憊飛回窩巢。

「博士——？」阿保手牽住一個女孩，大踏步走來。

「哦！」

「嘿，我跟你介紹，——這就是我們班的博士，鼎鼎大名的吳天健。」

「嗯，我聽你說過好多次，就是沒有機會碰面，這下可巧得很——你好啊，博士！」

「……」

「怎麼了？」

阿保皺起眉頭：「不要管他，小麗。你先回寢室去，我來問他就好了。」

「他的情緒……似乎不太好，你安慰安慰他——」女孩笑著步入樓館。

阿保神怡的點上一根煙，噴著滿嘴的煙霧，輕飄飄的說道：「天健，你在等誰？」

「……」

「等了很久了？」

「……」

「有要我幫忙的地方嗎？」

「……」

「哎，你實在讓人生氣，……好歹也說一兩句話呀！」

天健緊繃住嘴，眨著眼睛，抬動的手一度在半空中僵固，一副欲說又止的模樣。因不知如何是好，歙動的嘴唇，又緊緊的被牙齒咬住。他的臉逐漸呈現出一片晚霞之色。

「那麼你等好了，我要走啦——」阿保怒火燒起。

天健望著阿保走去五、六步的後背，突然叫了一聲：「阿保……」然而底下又沒有話說。

「喔，」阿保在原地打個轉，也不走回來，說道：「眞的有事，我得先走一步了……好吧，別老是站在外頭，到會客室去坐著等吧……哎……我們回頭見！」

阿保一路嘆著氣，又無可奈何的回頭望他一眼。天健孤伶伶的站著，彷彿一個受委屈的孩子，找不著父母親哭訴一般。半露的斜陽照出他纖細的身影，拉得老長，如一節杉木幹。

他好幾次想一走了之，却又不死心，非等到有個結果不可，好像賭徒拼命想贏回輸掉的錢一樣。他無助的低下頭，看著指尖發呆。

短短的幾個鐘頭，他已爲這捉摸不定的愛情，付出了一份不可計數的代價。他的情感已模糊了他的理智，即使是天塌於前，他甚至會毫不爲所動，只一心一意期待著，那個夢寐中的女孩，能適時出現在他面前……。

很有些時候了，他終於絕望的抬起頭來，啊，他心頭猛裂的撞著。那個魂夢相繫的人兒，竟不知何時已出現在他跟前。天健呆住了，他一時忘了比自己的姓更要熟悉的，她的名字。他的思想一片空白……

迅速的交換過短暫的一瞥，她輕輕的啓口：「我知道——這個還給你……」底下又說些什麼話，天健早已聽不見。

他那兩隻微顫的手，痲木的接過似乎原封未動的紙盒。無意識的看了她一眼，轉身便走。

女孩望著他淒清的背影苦笑著……

天健彷彿變成一個遊魂走屍，吊在半空中蕩著一樣。那靈魂兒和軀體早已分家，一個住在天邊，一個居在地角。如果不是那膝蓋只能向前彎曲，他甚至會像失舵的船一般，在原地毫無目標的打轉，斜行或倒退走；因他的視覺已留不下任何事物的形象，頭腦與眼睛也變成河水不犯井水的冤家，各理各的。

沒有人能了解天健正在想著什麼，他自己也不知道。幾點鐘以前，整個天地都是屬於他的，現在却連自己都不屬於這天地了。那時是個生命力正強的年輕人，如今是個夕陽下的風燭老人。一夜的北風，能够凋落枝上所有的樹葉，也能冰凍人的內心，而他的已經僵固而痲木，一敲便要碎去！

他儘繞著校園不停的走，好像非把這塊小丘踏成平地不可，但自身的重量却又不足以造成地層下陷。這似乎使他突然間頓悟了，彷彿人生天地間，本就無法和它對抗，就如同那撒野的頑童一樣，終究是要投回父母的懷抱去。大地孕育一切，也埋葬一切。他幾乎恨不得能够鑽入最深下的泥層裏，永恒的躺下；在那兒，寧靜得會像在幾萬公尺下的海底，受不到任何風浪的侵擾。他於是停下脚步呆立著，一動也不動，彷彿要把整個身心化入這天和地之間。但，天地毫無變色。

天健終於也是動了，通過靜和寂，他緩步到那棵松樹下，安穩的坐上石墩。空氣沉悶得像一塊磚頭，緊密而紮實。

紙盒子被撕開來，半個盒子溜下在天健的脚旁；隨著跌出一包瓜子，那狹長的草葉好像極不情願被他物所壓迫一樣，在那包瓜子週邊又掙扎著挺起身來。這和被重物壓在底下，便一動也不能動，似乎有些別樣。

又經過些時候了，天健才恢復他的心思，先前痲木的情感，也開始在氾濫，一陣陣的衝擊，這才讓他感到失戀的苦痛，那滋味——，絞得他的心幾乎要滴出苦汁來。

他不經意地把脚一伸，那包瓜子被踢飛起來，落到幾步外。他拿起桌上餘下的半盒，正想甩出去——突然想到了什麼：

「咦，那包瓜子怎會這樣輕？」

他走過去彎身查看，一時却楞住了！——那是包瓜子殼。

「這是怎麼回事？……」

捌。他把桌上的盒子撕開，跌出另一包瓜子；只那一霎時，他的心便像爆裂開一般，不禁闔上雙眼。地上，青翠的草葉托著一包瓜子——不，是整包的瓜子仁。無論是再怎樣爲感情發昏的人，也能明白這是怎麼一回事！

他笑了，這天地又是屬於他的了！只是，經過這幾小時……。這是世上很美的結局，不過將來他講給兒孫們聽的時候，會有人相信嗎？古樹上的蟬鳴著，黃昏無限的美好。呵！天、地該也是默默的一對吧？不然何以能化生萬物？……。遠山蒼翠的含笑著。

七仙女

吳煥森

吳煥森，台灣省人，現就讀中國文化大學文藝組三年級，曾獲第一屆行列小說獎首獎。

七月，在氣候宜人、四季如春的中臺灣小鎮—豐原，火毒毒的驕陽亦繃僵著臉，酷熱的散射著炙人的火威；又加上連月的不雨，天氣愈發的燥熱，走在那旱乾的柏油街道上，總不絕的聞嗅出一股濃烈的暑氣，行人道上熙攘的人羣，如亭的陽傘遮天。

阿郎緊揑著電鑽，目不轉睛的注視著一塊厚重的石碑，手隨著眼不停的游移著，汗珠由額頭處涔涔而下，他連手也不去抹一把，幹這種活兒豈是能分神的？想想要在那樣硬固的石塊上鏤刻上一個個蒼勁挺拔的字體，該是多麼費力的事。不消說，偶一分心就會鑽過了頭或鑽得過深，即使是全神貫注，還是經常的出紕漏，一旦出了毛病，那麻煩可大了，顧客挑剔起來，就得重新補補整整一番，折騰死人。教訓多了，權衡厲害關係，也就立定決心作事時絕對的心無旁騖。

那塊碑已經刻好了，中間幾個字特別醒目：「王媽金花之墓」，阿郎用嘴吹散了字溝裏的石屑，仔細的端詳了一會兒，在心裏打了個及格，這才吐了口大氣，弓著腰站立起來。他點起一根紙煙，走到門外，向人潮洶湧的街道上掃視過去，這是他一天中最大的享受，每次完成了一塊石碑，他就習慣性地喜歡出來門外散散步，當然，調和一下緊張的情緒也是原因，不過主要的因素還在於他的癖好，他喜歡看車水馬龍的那股熱鬧勁兒，還有行人那分行色匆匆的忙碌樣。

他是個安分守己的人，敦敦實實的，日出而作，日入而息，和他人絕沒有任何過節，倒是他那待人誠懇的臉孔，常常引來店裏的高朋滿座，他也喜歡喝上一兩杯的，也就因此，經過他的店前，總經常的會傳來划拳吆喝的聲音，不過他總是點到爲止，決不會像夜市那些酒鬼，喝得一身爛醉，東晃西盪的胡言亂語。

經營這家「打石店」，已經整整的十五年了，當初開張時，他可沒拿過家裏的一分一文，一切都是自己胼手胝足，用血汗換來的，每次想及至此，就會激起他一絲的得意感。雖然，都那麼多年了，賺的錢也著實不少，可是房子迄今還是租來的，這原因不是自己奢靡浪費，而是家裏那羣成等差級數的六個寶貝女兒，她們的牛奶費、學雜費把辛苦掙來的血汗錢都給榨淨了。

想起這六個女兒，他長嘆了一聲，無奈的搖了搖頭，那隻將熄的煙屁股被擲得老遠。他實在很厭煩這六個女兒，倒不是緣於「重男輕女」的古老觀念，而是他不希望家中有這麼多的人口，在這僅十坪大的窄屋裏，而尤其在這謀生困苦的社會。兒女過多徒然是一種累贅。

當初第三個女兒落地時，他就和女人商量，結紮去！可是女人抵死不肯，說好說歹堅持要等個男孩，說什麼老來無子就知死囉，嫁出去的女兒像潑出去的水，將來要依靠啥人？阿郎辯他不過，也就保持緘默，橫豎她還年輕，資本够，就聽天由命的任它發展下去，而也就因此眼巴巴的看著第四個、第五個穿裙傢伙的到來。

第六個生下時，她女人哭得死去活來，摔桌丟椅的，然後抱著棉被搥胸頓脚，整整的一天一夜，鬧得他沒好睡，疲累得白晝無法做事，女人鷄肉酒也不吃了，嬰兒正眼都不瞧一下，口中喃喃有詞：

「天公伯，你是無眼珠是麼？咱們也沒做過什麼傷天害理的事，規規矩矩的，你忍心這款對我們？」

隔了會兒，指著一旁看電視的兩個大女兒，怒目圓睜的吼哮起來：「妳們這些妖壽姬，給我死出去，幹你老娘的，吃得那等大棵，什麼事也不會做，哎喲喲，我眞歹命喔，前世不知欠妳們什麼死人債……。」

阿郎看著受驚顫抖的女兒，一顆心有如萬千刀在割扯著，他抱起了小女兒，搖搖惜惜的逗笑著她，然後帶著餘悸猶存的衆女兒步出店門，避避風頭，留下了一臉悲悽的女人。

「孩子總是無辜的！」

阿郎的心沉甸甸的，他實在看不慣女人那種以女兒爲出氣筒的不正常心理。他一直勸服她，這種時代了，男女早已平等了，還分什麼輕重？再說，事實屢見不鮮，這年頭孝順的兒子有幾個？倒是女兒啊，嫁了出去，三天五天的，回家看爹問娘的比比皆是，「養兒防老」，唉！算了吧！他每次把這番道理搬出來時，她都死灰著一張臉，來個不理不睬。

不過他了解女人的脾氣，一陣風一陣雨後，也就雲開日現了。所以他不擔怕這些，時間能撫平一切的。倒是那位讓他獲得第六個女兒的「囝仔仙」，令他咬牙切齒起來……。

「囝仔仙」是個六十開外的老頭，兩頰乾癟癟的，頭頂上一髮不留，走起路來一顛一跛的，見了人總露出一股陰邪邪的笑容。「囝仔仙」在大水溝前的一棵大榕樹下設攤替人算命，也不知是什麼時候開始的，阿郎只知他來此開店時，就見到這禿子了。

阿郎向來是不信神的，他最厭惡那些沒知識的阿巴桑，有了病不找醫生，却吃香灰、喝符水，尤其更憎視那些騙財騙色的神棍，因此，來此開店十五年了，他都沒和囝仔仙打過一聲招呼。但，他知道每天來找這禿子算命的人確實很多，他也清楚這些人當中，絕大多數都是上了年紀的阿巴桑。

他每次看到這禿子替人看相時，總拎著一個籤筒向天空搖呀搖的，嘴裏咕嚕咕嚕的也不知在唸些什麼，然後等到籤抽出時，這禿子開始哼哼唱唱起來了，那聲音端的有些像歌仔戲大班裏花旦的號叫聲，傳到阿郎的耳朵裏，總令他感到萬分的煩燥。尤其算過命後，禿子數算鈔票的那分陰詐笑容，更使他愈加的嫉視。

囝仔仙的攤位就在他店的斜對角，通常一坐就是個半天，很少走動的；但自他女人生下第五個女兒，在店前擺了個檳榔攤後，囝仔仙就經常的過來他店裏走動，一面嚼著檳榔，一面和他女人聊將起來。日子久了，他女人和這禿子也就熟熱起來，無所不談了。

也不知那一天，囝仔仙和他女人談起了生兒育女的事，他隱約的聽到囝仔仙對他女人說：「妳的命註定要晚年得子的，不要氣餒，你可以準備三牲四果，去武王廟膜拜，包準妳生個男孩。」

此後，他每天就見到女人往附近的武王廟走動，整整的一年，幾乎無間斷過，金錢、精力的消耗不知有多少，他也不去想了，只是弄到今天這步田地，兒子來不成，反倒又添了個女兒，才令他氣憤。

事後，囝仔仙那禿子再也不敢來他店裏走動了，見了面，總是一臉的尷尬，頭垂得低低的。倒是他女人經此打擊之後，似乎開竅了，也打算不再生育了，但，這念頭甫生不久，却被那年那陣龍風給吹垮了……。

那年，物換星移，歲季屬龍。

「龍年生龍子呀！」不知是誰先喊出來的。很快的，這口號像一陣旋風過境，短短的期間裏便吹散了開來。「龍年生龍子」成了報章雜誌的熱門新聞，幾經渲染，就成了飯後餘暇的閒談話題，阿郎女人聽多了，一顆心又開始動搖起來了。從眉眼間，他感覺出她那生龍子的意念在蘊釀著。

日子一天天的過去，那股意念像漣漪般的擴大，終至女人開了口：

「阿郎，人家都這麼說，『龍』是好吉頭的，我想再試一次看看，這是最後一次了，眞的，就最後一次了，你想怎樣？」女人畏畏縮縮的繼續說下去：「隔壁的阿尾嬸說她以前也是生了幾個女兒後，在龍年生下她家小飛的，我一直在想，這龍年生龍子，絕對不是黑白亂吹的，一定是有憑有據的，光衝著這片好頭彩，打賭也要跟它賭個到底……。」

阿郎丟下手中吃飯的傢伙，點起紙煙，狠狠的朝前噴吐出去，半天不說一句話，他沈著，他冷靜，眞的這檔子事，他太需要從長計議了。

如果是男孩的話，那一切都歐啃，女人的臉孔驟然間相信會像一朵出水的芙蓉，說有多美就有多美；可是萬一呢？萬一又是個阿花阿美的，那她該怎麼辦？到時，女人那張沮喪扭曲的一張棺材臉，委實的令他不敢去想像！

他實在怕怕，接連六個女兒的慘痛敎訓，够他受了。

他每天早起晚睡的敲呀鑽的，僅勉勉强强的能餵飽她們的肚子，女人也爲此才擺攤的，她自己心裏也明白，但，那股意念却早已像出閘的水，一發不可收拾了。

「唉！我阿郎前世究竟做過什麼孽，惹起天公伯要讓我絕子絕孫？若是沒有，幹！天公伯那麼不公平，獨獨對我這等刻薄！」阿郎內心激動得吶喊著，右手的電鑽，被他猛猛的甩在地下。

他是愛老婆的人，從結婚至今，雖然，在物質上他們從未獲過高等的享受，但在精神上，他們却心靈相通，互尊互重，生活愜意的很，偶爾有不快，也僅於芝麻小事，口頭爭辯而已，過了就沒事，而讓步的總是他，說他是標準丈夫，那眞是當之無愧。

這事也就在他「疼妻」的心理下，他完全的屈服了。

女人的肚皮又鼓脹起來了，圓滾滾的，像味甜多汁的西瓜，坐著，蹲著，都礙手礙脚的，有時坐蹲久了，站立不起來，阿郎就急急丢下電鑽，攙扶著她起來。阿郎每每看到這情景，就會興起無限的感慨，十月懷胎，唉！養兒不易哪。然而龍年啊，龍了哩！女人要生，他有啥辦法。

說眞格的，那年也眞是他媽的邪門，不止是他女人，就連坎下村的羊仔城的黃臉婆都七老八死的人了，也挺了個大肉球，成天整日在田間鋤來鏟去。據羊仔城說：「龍年啊，湊湊熱鬧的。」

他眞的感到好笑，羊仔城的女人少說也近五十歲了吧！這老縐縐的婆娘生出來的龍子，不可能是一條耀亮的小金龍吧！

年尾時，有天，他從報上看到一則新聞。

「今年是龍年，出生率大幅提高，家庭計劃被徹底的破壞，將來這批過量的嬰兒，將會製造出連串的社會問題」。他一口氣看完報紙，腦中一片的空白，他想起了女人肚子中的小生命，將來長大後，會不會像報上所說的給社會帶來問題。他雖僅國小畢業，但他却深深明白每年聯考競爭的激烈，落第的人，無一技之長，找事謀職，處處碰壁。想到此，他的心就一陣陣的刺痛。

「唉，臺灣這麼小的所在，人頭滿街動，大家都不知死，還拼命的生，眞沒知識，搞到那天，大家都沒米吃，那時，要哭沒眼淚啦！」

他理了理斑白的髮絲，兀自低頭感嘆起來。

兩個小女兒左右拉著他的手，傻呼呼的猛問：「阿爸，什麼大事，你怎麼都不說話，喂！阿爸！」

他無限憐愛的摟摸著兩個小女兒，輕輕細細的拂摸著她們柔軟的秀髮。誰說女兒不好，女兒會安慰父親，兒子啊，放他的屁！

女人被送到婦產醫院時，他携帶著六個女兒闔家前往陪侍。那天，那家醫院人滿滿的，他來時，護士告訴他，今天接生的已有八位女嬰，他有點心慌意亂，剎那間，萬種念頭交湧而至，他的心在急速的蹦跳著。

「該會是個男孩的，不是說得好好的，龍年生龍子的嗎？」他拼命的把思維方向扭轉，朝著美好的一方想去……。」直至一名秀氣嬌小的護士小姐興奮的走出來朝他嫣然一笑，他才鎭定了下來。

「先生，恭喜你，夫人生了個女娃，母子均安。」

護士說完就進去了，如果她稍慢一點走的話，她會爲他那張駭人的臉所驚嚇住，那該是一張多蒼白的臉！

來了，日夜所擔心的終於還是來了，他沒有太多的抱憾，沒有太多的怨尤，這一切或許都是命，天命是不可違的。他相信上帝是公平的。

一切都平靜了，打石店裡阿郎鑽石的背影，仍是那般的矯健，女人還是擺她的檳榔攤，只是變的是那年街頭上多了個閒談的話題：「那家打石店的老闆，家裡有『七仙女』，眞是好福氣喔……。」

放逐與鄉愁——編後記

林文欽

不是我愛凱撒太少，
而是我愛羅馬太多。

No that I love Caesar less,
But that I love Roma more.

——Mark Antony

一九七三年秋，我以第三志願考入中國文化學院文藝組，這個全國大學中唯一僅有的系組，曾經多少次夢幻般地叩擊我年少的心靈。我想：所謂文藝組，該是現代文學和藝術教育的樞紐，也是創作和鑑賞批評的科班吧？於是便小心翼翼構思著文藝組四年的種種，首先，我應該可以讀到許多經過精心設計指導的書籍，我應該可以學習我所需要的現代文學和藝術的理論，再者，我應該可以領受更進一個層次的寫作的訓練，然後，我應該可以寫下幾篇滿意的作品吧。

我便是懷抱著這樣的自期心態和理想憧憬來到華岡這個文藝的國度，但是當我仔細審視文藝組四年的課表之後，不禁感覺失望了，我懷疑：爲什麼原先精確且積極進行著文學和藝術教育的文藝殿堂，現在居然開了許多次級中文系的課程？如果，國學皮毛的講授誠屬必須，那麼，多數人冀望的新文學專門課程爲什麼不能多開？卽使這已變成旣定習慣的教學目標和方式，那麼，何以不能尋求突破的途徑呢？這些問題重重地困擾著我，不少的文藝學子也因爲如是的疑惑而茫然失措了。

後來，我們有了較好的情緒來重新注意本身和整個文藝組的前途，我們認爲：激烈求知的意念不應受到摧折，文藝的學堂也不應是個美麗的陷阱。是以，我們無數次激進地反應意願的理念看法，一方面，我們也耐心等待着改革的契機。

然而，一年，兩年，改革顯然是無望的啦。那麼，就讓它去吧。這時，我們慶幸尙有三兩門切實的文藝課程可以做爲我們研讀的重心，我們專心地上這些課，便已感到「幸虧不負是文藝人」的安慰。其餘的時間，雖則摸索、掙扎仍然沒有間斷，而多數的時刻，我們幾乎是帶着一種被放逐的快感，像一陣風似的在淸冷的岡上飄來飄去。

在海軍陸戰隊服完預官役後，我有機會在臺北文化出版界做爲一名小小的編輯，因着職業的關係和經常的社會接觸的結果，加上自己對文學藝術一向關心，竟然時常懷想起我畢業的科系，那個我黯然離去的故鄉，現在它是否朝著眞正的文藝路途挺進呢？現在的文藝學子是否還需忍受想學什麼却學不到的苦悶煎熬呢？

這裏，我們從文藝組歷屆同學中愼重地選出十一篇小說，輯成華岡文藝組開辦以來的第一本短篇小說選集。在文藝組創立的前些年，小說一門可說是訓練得較爲完整的一個科目，所發掘的創作人才和欣賞水準也較整齊，這裡所選出的作品，雖然有些並不是十分成熟，但却都是誠實努力之作。而名之爲「托塔少年」，其實僅是涵泳一羣文藝青年永遠追求理想的執著心情罷了，無論如何，他們期望文藝組——這文藝的寶塔，不要祇虛具其表，要一天一天更有完美的實質內容啊。

滄海叢刊已刊行書目（四）

書名	作者	類別
清真詞研究	王支洪	中國文學
宋儒風範	董金裕	中國文學
紅樓夢的文學價值	羅盤	中國文學
中國文學鑑賞舉隅	黃慶萱 許家鸞	中國文學
浮士德研究	李辰冬譯	西洋文學
蘇忍尼辛選集	劉安雲譯	西洋文學
文學欣賞的靈魂	劉述先	西洋文學
音樂人生	黃友棣	音樂
音樂與我	趙琴	音樂
爐邊閒話	李抱忱	音樂
琴臺碎語	黃友棣	音樂
音樂隨筆	趙琴	音樂
樂林蓽露	黃友棣	音樂
樂谷鳴泉	黃友棣	音樂
水彩技巧與創作	劉其偉	美術
繪畫隨筆	陳景容	美術
藤竹工	張長傑	美術
都市計劃概論	王紀鯤	建築
建築設計方法	陳政雄	建築
建築基本畫	陳榮美 楊麗黛	建築
中國的建築藝術	張紹載	建築
現代工藝概論	張長傑	雕刻
藤竹工	張長傑	雕刻
戲劇藝術之發展及其原理	趙如琳	戲劇
戲劇編寫法	方寸	戲劇

滄海叢刊已刊行書目(三)

書名	作者	類別
野草詞	韋瀚章	文學
現代散文欣賞	鄭明娳	文學
藍天白雲集	梁容若	文學
寫作是藝術	張秀亞	文學
孟武自選文集	薩孟武	文學
歷史圈外	朱桂	文學
小說創作論	羅盤	文學
往日旋律	幼柏	文學
現實的探索	陳銘磻編	文學
金排附	鍾延豪	文學
放鷹	吳錦發	文學
黃巢殺人八百萬	宋澤萊	文學
燈下燈	蕭蕭	文學
陽關千唱	陳煌	文學
種籽	向陽	文學
泥土的香味	彭瑞金	文學
無緣廟	陳艷秋	文學
鄉事	林清玄	文學
韓非子析論	謝雲飛	中國文學
陶淵明評論	李辰冬	中國文學
文學新論	李辰冬	中國文學
離騷九歌九章淺釋	繆天華	中國文學
累廬聲氣集	姜超嶽	中國文學
苕華詞與人間詞話述評	王宗樂	中國文學
杜甫作品繫年	李辰冬	中國文學
元曲六大家	應裕康 王忠林	中國文學
林下生涯	姜超嶽	中國文學
詩經研讀指導	裴普賢	中國文學
莊子及其文學	黃錦鋐	中國文學

滄海叢刊已刊行書目(二)

書名	作者	類別
印度文化十八篇	糜文開	社會
清代科學	劉兆璸	社會
世界局勢與中國文化	錢穆	社會
國家論	薩孟武譯	社會
紅樓夢與中國舊家庭	薩孟武	社會
財經文存	王作榮	經濟
財經時論	楊道淮	經濟
中國歷代政治得失	錢穆	政治
先秦政治思想史	梁啓超原著 賈馥茗標點	政治
憲法論集	林紀東	法律
黃帝	錢穆	歷史
歷史與人物	吳相湘	歷史
歷史與文化論叢	錢穆	歷史
精忠岳飛傳	李安	傳記
弘一大師傳	陳慧劍	傳記
中國歷史精神	錢穆	史學
中國文字學	潘重規	語言
中國聲韻學	潘重規 陳紹棠	語言
文學與音律	謝雲飛	語言
還鄉夢的幻滅	賴景瑚	文學
葫蘆・再見	鄭明娳	文學
大地之歌	大地詩社	文學
青春	葉蟬貞	文學
比較文學的墾拓在臺灣	古添洪 陳慧華	文學
從比較神話到文學	古添洪 陳慧華	文學
牧場的情思	張媛媛	文學
萍踪憶語	賴景瑚	文學
讀書與生活	琦君	文學
中西文學關係研究	王潤華	文學
文開隨筆	糜文開	文學
知識之劍	陳鼎環	文學

滄海叢刊已刊行書目（一）

書名	作者	類別
中國學術思想史論叢(一)(二)(三)(四)(五)(六)(七)(八)	錢穆	國學
兩漢經學今古文平議	錢穆	國學
湖上閒思錄	錢穆	哲學
中西兩百位哲學家	鄔昆如、黎建球	哲學
比較哲學與文化	吳森	哲學
比較哲學與文化(二)	吳森	哲學
文化哲學講錄(一)	鄔昆如	哲學
哲學淺論	張康譯	哲學
哲學十大問題	鄔昆如	哲學
老子的哲學	王邦雄	中國哲學
孔學漫談	余家菊	中國哲學
中庸誠的哲學	吳怡	中國哲學
哲學演講錄	吳怡	中國哲學
墨家的哲學方法	鍾友聯	中國哲學
韓非子哲學	王邦雄	中國哲學
墨家哲學	蔡仁厚	中國哲學
希臘哲學趣談	鄔昆如	西洋哲學
中世哲學趣談	鄔昆如	西洋哲學
近代哲學趣談	鄔昆如	西洋哲學
現代哲學趣談	鄔昆如	西洋哲學
佛學研究	周中一	佛學
佛學論著	周中一	佛學
禪話	周中一	佛學
公案禪語	吳怡	佛學
不疑不懼	王洪鈞	教育
文化與教育	錢穆	教育
教育叢談	上官業佑	教育